GEMISCHTE GEFÜHLE

Marie saß, völlig in Gedanken versunken in ihrem Büro und starrte ins Leere. Gerade eben hatte sie einen großen Auftrag positiv erledigt. Sie war Projektleiterin bei Bakker & Son, eine der größten Marketingfirmen in New York. Seit drei Jahren nun hatte sie diesen Posten. Ein sehr lukratives Angebot von Mr. Bakker Senior veranlasste sie ihrer geliebten Kleinstadt Middletown und all ihren Verwandten und Freunden den Rücken zu kehren. Besonders ihre Mutter litt unter der Trennung. Marie versuchte aber mehrmals die Woche mit ihr zu telefonieren. Ihr Bruder Ben lebte auch in einem Häuschen mit seiner kleinen Familie in Middletown. Seine Frau Carla kam aus der Stadt und hatte sich sofort ins Landleben verliebt. Daher war es keine Frage wo sie einmal leben würden. Ihre kleine Schwester Rose wohnte noch bei ihrer Mutter. Sie war gerade mal achtzehn Jahre und hielt ihre Mutter ganz schön auf Trab. Aber das war gut so, denn somit hatte ihre Mutter alle Hände voll zu tun und immer wieder etwas um es Marie zu erzählen. Ihr Vater verstarb vor sechs Jahren. Er fühlte sich nicht besonders gut und ging zum Arzt. Nach mehreren Untersuchungen lag die Diagnose Bauchspeicheldrüsenkrebs vor. Es dauerte nur noch sechs Monate bis er starb. Rose wurde nach dem Tod ihres Vaters ein besonders schwieriger Teenager. Sie schwänzte die Schule und umgab sich mit eigenartigen Typen. Als sie eines Tages die Polizei volltrunken heim brachte rastete Ben aus. Es war eine sehr schwierige Zeit aber schlussendlich gelang es ihm mit der Unterstützung von Marie und ihrer Mutter sie wieder auf den richtigen Weg zu bringen. Sie ging auf die Highschool in Middletown und gab sogar Nachhilfeunterricht für lernschwache Schüler. Abends wenn sie Zeit hatte verdiente sie sich ein bisschen Taschengeld mit Babysitting. „Marie!" Marie zuckte in sich zusammen. „Du sollst in zehn Minuten beim Boss im Büro erscheinen." rief Helen bei der Tür herein. Helen war Maries persönliche Assistentin. Sie war gerade mal 24 Jahre alt aber eine wahre Perle. Marie konnte sich ganz und gar auf sie verlassen.

Egal was sie ihr auftrug, sie erledigte alles ohne mit der Wimper zu zucken und in einem unbeschreiblichen Höllentempo. Manchmal ging es Marie sogar zu schnell und sie musste Helen ein bisschen einbremsen. „ Ja ok bin gleich da" erwiderte Marie. Sie lief schnell zu dem Spiegel der an der Wand in ihrem Büro hing und zupfte sich ihre schulterlangen, blonden Haare zurecht. Noch den kurzen Rock von ihrem hellgrauen, neuem Kostüm zurecht rücken, oberer Knopf ihrer weißen Bluse schließen und fertig. „ Und, wie sehe ich aus?" „Fabelhaft wie immer." sagte Helen und lächelte Marie an. Marie ging den Flur des Bürogebäudes entlang bis sie zu einem Aufzug kam. Es dauerte nur ein paar Sekunden und schon konnte sie ihn betreten. Die Büros der Geschäftsleitung befanden sich im 29. Stock. Das 30. Stockwerk war eine riesige Penthouse-Wohnung die von Mister Bakker und seiner Frau bewohnt wurde. Ihr Sohn Carl Bakker wohnte in einem großen Haus mitten in New York. In der richtigen Etage angekommen, musste Marie noch einen langen Gang entlang gehen bevor sie vor der Bürotür von Mister Bakker Senior stand.

Sie fuhr sich noch einmal durch ihr Haar. Zögerlich klopfte sie. „Herein" hörte sie ihn rufen. Marie öffnete die Türe. Mister Bakker und sein Sohn Carl standen vor ihr und hatten ein Glas Champagner in der Hand. „Lassen sie sich feiern Miss Trevor. Was sie heute vollbracht haben ist unbeschreiblich. Sie haben ein Projekt abgeschlossen, das uns mehrere tausende Dollar einbringt. Das muss gefeiert werden." Marie freute sich über so viel Anerkennung und prostete ihrem Boss und seinem Sohn zu. „ Heute ist Mittwoch. Sie können sich den Rest der Woche Urlaub nehmen. Den haben sie sich redlich verdient" sagte Mister Bakker und schüttelte Marie die Hand. „Danke Mister Bakker." Marie freute sich, hatte sie doch in letzter Zeit sehr viele Überstunden für diesen einen Auftrag gemacht. Endlich konnte sie ausspannen und die Sonne genießen, die von Tag zu Tag stärker und wärmer wurde. Erleichtert und gut gelaunt betrat sie wieder den Aufzug um in das Stockwerk ihres Büros zu fahren. Als der Aufzug aufging stand Helen darin. „Und? Was hat er gesagt?" „Er hat mich gelobt und gemeint ich könnte mir den Rest der Woche Urlaub nehmen. Und was heißt das für dich

Helen?" Helen sah Marie mit einem fragenden Blick an. „Urlaub Helen Urlaub! Auch für dich. Nachdem du ja meine persönliche Assistentin bist, hast auch du Urlaub." Sie nahmen sich an den Händen und freuten sich wie kleine Kinder. Den Weg vom Aufzug zu ihrem Büro hatten sie in Rekordzeit zurückgelegt. Marie hielt vor ihrer Bürotür kurz inne und betrachtete ihr Schild auf dem stand: MARIE TREVOR PROJEKTLEITUNG Sie hatte es mit ihren 30 Jahren zu etwas gebracht. Guter Job, tolles Einkommen, eigenes Büro und eine persönliche Assistentin. Was wünscht man sich mehr? Mehr Zeit für sich und ihre Freunde. Aber das hatte sie ja jetzt. Gleich zuhause angekommen, würde sie sofort ihre Freundin Jane anrufen. Heute muss gefeiert werden. Jane hatte Marie gleich nach ihrem Umzug nach New York kennen gelernt. Sie arbeitete in der Cafeteria in der Marie jedes Wochenende frühstückte. Sie verstanden sich sofort und aus mehreren tiefsinnigen Frauengesprächen wurde eine innige Freundschaft. Schnell verabschiedete sich Marie von Helen und ihren Kollegen und verließ das Bürogebäude. Sie winkte einem Taxi und ließ sich zu ihrer Wohnung fahren. „6th Avenue bitte." Der Taxichauffeur nickte und das Auto setzte sich in Bewegung. Sie fuhren nicht lange bis sie ankamen. Marie bezahlte und bedankte sich bei dem Fahrer. Sie ging in ein sehr schönes großes Appartementhaus. Die Türe wurde ihr von Joe, dem Portier geöffnet. „Guten Tag Miss Trevor. Na, heute schon so zeitig zurück aus dem Büro?" fragte er sie. „Ja Joe, so ist das wenn man einen guten Job gemacht hat. Den Rest der Woche werde ich wohl zu Hause verbringen, ich habe nämlich Urlaub" sang sie. „Oh, das freut mich für sie Miss Trevor. Dann wünsche ich ihnen einen erholsamen Urlaub" sagte Joe. Ihre Post Miss Trevor!" rief er ihr noch nach als sie schon zum Aufzug ging. Marie blieb stehen und da stand auch schon Joe vor ihr, gab ihr die Post und lächelte. Sie bedankte sich und fuhr in den zwölften Stock. Sie hatte ein kleines Appartement, das ihr die Firma vermittelt hatte um es ihr ein bisschen leichter zu machen aus Middletown weg zu ziehen. Sie sperrte die Türe auf und ließ sich sogleich in ihr gemütliches Sofa fallen. Sie zog sich ihre Schuhe aus und lehnte sich zurück. Da fiel ihr wieder ihre Post ein, die ihr Joe gegeben hatte. Rechnung, Rechnung, Reklame und ein Brief. Sie betrachtete eine Weile den Brief bevor sie ihn öffnete. „Einladung zum Klassentreffen der Highschool in Middletown." Das Klassentreffen fand schon morgen Abend statt. Marie freute sich sehr. Sogleich rief sie ihre Mutter an. „Hallo Mami, hast du morgen schon was vor?" fragte sie ihre Mutter. „Nein, aber warum fragst du?" antwortete sie. „Ich komme morgen nach Hause. Es findet ein Klassentreffen der Highschool statt. Morgen Abend. Wenn ich gleich nach dem Frühstück wegfahre, dann bin ich mittags spätestens bei dir und nachdem ich Urlaub habe, kann ich bis Sonntag bleiben" sagte sie. Ihre Mutter freute sich riesig, hatte sie Marie schon Monate nicht gesehen. Zuletzt war sie zu Weihnachten bei ihr. Marie legte auf und rief sogleich ihre Freundin Jane an. „Hi Jane. Wir müssen uns unbedingt heute Abend treffen. Wir müssen meinen Erfolg in der Arbeit feiern und außerdem fahre ich morgen früh nach Middletown. Ich habe kurzfristig Urlaub bekommen und das trifft sich gut, denn heute kam eine Einladung zum Klassentreffen der Highschool. Hast du um sieben Uhr Zeit? Dann treffen wir uns doch beim Italiener bei mir ums Eck. Ist das ok für dich?" fragte sie und überschlug sich fast beim Reden. „Ja natürlich Baby. Ich freu mich auf dich. Also dann bis um sieben. Küsschen!" rief Jane ins Telefon. Marie sah auf die Uhr. Es war gerade mal drei Uhr nachmittags. Sie ging in ihren Schrankraum um einige Sachen für ihre Reise zu packen. Was sollte sie sich bloß beim Klassentreffen anziehen? Rock und Bluse, ein Kleid, oder einfach nur Jeans so wie sie alle in Middletown kannten? Marie beschloss sich ganz leger zu kleiden. Ihre Auswahl war eine Jeans, die sie sich erst vor zwei Wochen gekauft hatte und einen geblümten Cardigan. Passend zum Landleben. Es gingen ihr so viele Fragen durch den Kopf. Die Krönung wäre, wenn ihre zwei besten Freundinnen Beth und Tami aus der Highschool auch zum Klassentreffen kämen. Aber das konnte sie sich nur wünschen. Vor einem Jahr brach plötzlich der Kontakt zu den beiden ab. Sie hatten sonst mehrmals täglich miteinander telefoniert, doch von einem Tag zum anderen war Funkstille. Beth hatte wieder einmal kein Glück mit den Männern und eine sehr komplizierte

Beziehung hinter sich gebracht. Mike, mit dem sie fast ein Jahr liiert war entwickelte sich zum Macho und ließ kein gutes Haar an Beth. Als er sie dann auch noch zu schlagen anfing beendete sie sofort dieses Drama. Mike zog aus Middletown weg, denn er konnte danach keinem mehr in die Augen sehen. Middletown war eine kleine Stadt wo jeder jeden kannte und die Gerüchte sehr schnell verbreitet wurden. Tami hingegen hätte jeden haben können. Sie war sehr schlank und immer gut gestylt. Sie träumte ewig davon in die große Stadt zu ziehen und als Model Karriere zu machen. Damals allerdings fehlte ihr das nötige Kleingeld dazu. Als fünf Jahre nach ihrer Mutter auch ihr Vater verstarb, erbte sie eine größere Summe und war im Begriff ihren Wünschen nach zu gehen. Marie konnte sich nicht erklären, warum sich die beiden plötzlich nicht mehr bei ihr meldeten. Den Gerüchten nach reisten die zwei von einem Moment zum anderen auf unbestimmte Zeit an ein unbestimmtes Ziel. Zwei Monate nach ihrem Verschwinden bekam Beths Mutter ein Telegramm aus Kanada. +HALLO MUM+ES GEHT UNS GUT+SUCHT BITTE NICHT NACH UNS+WIR

MELDEN UNS WIEDER+GRÜSSE BETH UND TAMI+ Das war das erste und letzte Mal, dass sie sich meldeten. Marie verstand nur nicht, warum sie sich bei ihr nicht meldeten. Erzählten sie sich doch jede kleinste Kleinigkeit und auf einmal nichts mehr. Naja wahrscheinlich hatte es seine Gründe. Damals auf der Highschool waren die drei ein unschlagbares Team. Sie machten alles zusammen. Sie tauschten sogar ihre Freunde. Wenn die eine mit einem Schluss machte, war es nichts Ungewöhnliches wenn kurz darauf die andere etwas mit ihm hatte und keine war der anderen böse. Sie wechselten ihre Beziehungen wie andere ihre Unterwäsche. Sie lebten ihr Teenagerleben wie es ihnen gefiel, obwohl sie von den anderen nur dumm angestarrt wurden. Trotzdem hatten sie auch zu den anderen Klassenkameraden eine gute Basis und darum freute sich Marie schon auf ein Wiedersehen. In Gedanken versunken lehnte sich Marie auf ihrem Bett zurück und schlief ein.

Als Marie aufwachte war es schon leicht dämmrig draußen. Sie schaute auf die Uhr und erschrak. Es war kurz nach sechs. Schnell lief sie ins Badezimmer und stieg unter die Dusche. Wieder das Problem WAS ZIEHE ICH AN? Marie kramte in ihrem Schrankraum und entschied sich für eine schwarze Hose und einem hellrosa Top. Dazu einen schwarzen Blazer und ihre neuen schwarzen High Heels. Kurz vor sieben war sie auch schon fertig. Sie versperrte ihre Appartementtür und ging zum Aufzug. Unten angekommen verabschiedete sie sich von Joe, der ihr einen wunderschönen Abend wünschte. Nur ein kurzer Weg, einmal um die Ecke und Marie war auch schon beim Italiener angekommen. Es gab keinen besseren in New York fand sie und Jane. Sie nahm an einem Tisch für zwei Platz und Mario der Chef der Pizzeria begrüßte sie. „Wollen sie schon bestellen Miss Trevor?" fragte es sie. „Danke Mario, aber ich warte noch auf meine Freundin. Sie muss gleich da sein." In diesem Moment stand Jane auch schon vor ihr. „Sorry Baby bin ein paar Minuten zu spät. Aber du weißt ja ich hab es nicht so mit der Uhrzeit." Marie lächelte und Mario drückte ihnen sogleich die Speisekarte in die Hand. Sie bestellten sich eine gute Flasche Rotwein und jeder eine Pizza. Beim Essen erzählten sie sich was sie den ganzen Tag so erlebt hatten. „Naja, so habe ich halt Urlaub bekommen. Und weißt du was das Beste ist? Ich fahre morgen Früh heim nach Middletown. Es findet ein Klassentreffen statt. Das kann ich mir nicht entgehen lassen. Ich freue mich schon so alle wieder zu sehen. Ganz besonders auf meine Familie" sagte Marie. „Das ist ja super. Nur hoffentlich fällst du nicht in alte Gewohnheiten zurück" meinte Jane und lachte. Sie blieben noch eine ganze Weile und unterhielten sich und lachten. Kurz vor zwölf brachen sie auf. „Ich wünsche dir ganz viel Spaß und bitte melde dich sobald du daheim angekommen bist." Jane und Marie umarmten sich ganz fest. Man konnte glauben Marie fuhr für Wochen weg. Zuhause angekommen ging Marie gleich schlafen. Je früher sie aufstand, umso früher konnte sie bei ihrer Mutter an die

Tür klopfen. Es lagen vier Stunden Autofahrt vor Marie. Zwischendurch hielt sie an einer Tankstelle um noch einen Kaffee zu trinken. Sie besorgte auch noch einen Strauß Blumen für ihre Mutter. Marie wollte nicht mit leeren Händen erscheinen. Endlich war sie angekommen. Wie hübsch diese kleine, schmale Gasse doch war. Alles begann schon zu blühen und würde grün. Die Häuser hatten alle nette Zäune und gepflegte Gärten. Marie musste gar nicht erst an der Türe klopfen, denn ihre Mutter kam ihr schon entgegen gelaufen. „Marie, endlich ich warte schon seit Stunden auf dich!" rief sie. „Hallo Mami, ich freue mich so dich wieder zu sehen. Ist Rose auch da? Ich habe euch so vermisst." Aber natürlich war Rose noch in der Schule und kam erst mittags heim. Sie gingen ins Haus und Marie lief sogleich die Treppe zu ihrem Zimmer hinauf. Als sie die Türe öffnete, sah sie, dass ihre Mutter natürlich nichts verändert hatte seit sie das letzte Mal hier war. Sie hatte seit sie auszog nichts verändert. Marie ließ sich aufs Bett fallen und sah sich in ihrem Zimmer um. Überall hingen noch Poster von diversen Bands und Musikern auf den rosa ausgemalten Wänden. Marie musste lachen. Es sah schrecklich aus. Wie konnte sie sich diese Musik nur anhören. Dann sah sie beim Spiegel ihres Schminktisches ein paar alte Fotos hängen. Auf dem einen sah man sie in ihrer Cheerleaderuniform. Es war eine schöne Zeit damals in der Highschool. Verrückt aber schön. Dann sah sie das Foto auf dem sie, Beth und Tami abgelichtet waren. Sie nahm das Foto in die Hand und strich leicht über Beths und Tamis Gesicht. Sie fehlten ihr. Sie hatten nie Geheimnisse voreinander und jetzt wusste Marie nicht einmal wo sie waren. Es machte sie sehr traurig, dass sie sie so einfach aus ihrem Leben strichen. „Marie! Essen ist fertig!" rief ihre Mutter die Treppen hinauf. Marie lief die Stufen wie ein kleines Kind hinunter. Da stand plötzlich ihr Bruder Ben mit seiner ganzen Familie vor ihr. „Ben!" rief Marie lautstark und fiel ihrem Bruder um den Hals. Clara wurde genauso stürmisch begrüßt. Und da war noch ihr kleiner Neffe Timothy. Er war gerade mal zwei Jahre alt und war sehr schüchtern Marie gegenüber. Er sah sie zu wenig und es schien ihm sehr unangenehm zu sein, dass Marie ihn drückte und unaufhörlich küsste. Er versteckte sich gleich in Carlas Rock und verzog seine Mine zu einem leichten weinen. Sie ließ von ihm ab damit er nicht lauthals zu weinen begann, obwohl sie ihn nicht loslassen wollte so süß war er. Sie hatten sich so viel zu erzählen. Sie warteten noch auf Rose, die gerade aus dem Schulbus stieg und zur Türe lief. „Marie, Marie, Marie!" rief sie schon am Weg. Marie öffnete die Türe und sie fielen sich um den Hals. „Ich habe dir was ganz wichtiges zu erzählen. Aber nur von Schwester zu Schwester" sagte sie und zwinkerte ihr zu. „Ja, aber bitte erst nach dem Essen" ermahnte die Mutter die zwei. Rose verdrehte die Augen und lächelte Marie an. Es war ein wunderschönes Wiedersehen und alle waren fröhlich und hatten viel zu lachen. Nach dem Nachmittagskaffee setzten sich alle ins Wohnzimmer. Marie sah sich die Familienfotos an die am Kamin standen. Es war ein Foto dabei, das sie und ihren Vater zeigte. Sie sah sich dieses Bild lange an und dachte dabei an ihn. Wie er mit ihr und ihren Geschwistern ein Baumhaus baute, zum Fischen ging und ihnen das Fahrradfahren beibrachte. Sie vermisste die guten Gespräche die man mit ihm führen konnte. Er war immer für sie da, egal mit welchem Problem sie sich an ihn wendete. Neben dem Kamin war ein großes Bücherregal. Dort befanden sie diverse Bücher in die ihr Vater stundenlang versinken konnte. Da sah sie auf einmal ihr Jahrbuch aus der Highschool. Sie nahm es aus dem Regal und begann sich die Bilder ihrer Klassenkameraden anzusehen. Sie dachte es wäre eine gute Idee sie zu begutachten bevor sie sie heute Abend traf. Beth und Tami waren bildhübsch auf den Fotos. Sie dachte sehr oft an sie. Und da war noch …… David Spencer. David war so ein Kandidat der von einer Hand der drei Freundinnen in die andere glitt. Und zu guter Letzt ließen sie ihn alle drei nach einer kurzen Affäre wieder sitzen. Ob er wohl auch auf das Treffen kam? Sie schloss das Buch wieder und stellte es zurück ins Regal. „Ich werde mich jetzt noch ein bisschen ausruhen bevor ich mich ins Nachtleben von Middletown stürze" sagte Marie und zog sich in ihr Zimmer zurück.

Marie war ein wenig aufgeregt als sie sich für das Klassentreffen fertig machte. Sie hoffte alle wieder zu erkennen und auch wieder erkannt zu werden. Wie sie es sich in New York ausgedacht hatte, zog sie ihre neuen Jeans und ihren geblümten Cardigan an. Ihre Haare trug sie offen, wie sie es auch immer in der Schule trug. Nur damals waren sie eine Spur länger. Zur Sicherheit nahm sie sich auch noch eine weiße Weste mit. Gut geschminkt und mit einem zarten Blumenduft verließ sie schließlich ihr Zimmer. „Kann ich so gehen?" fragte sie ihre Mutter. „Kind, dich kann man in einen Kartoffelsack stecken und du siehst bezaubernd aus" gab sie ihr zur Antwort. Marie gab ihrer Mutter einen Kuss und verließ das Haus. Sie stieg in ihr Auto und fuhr nervös zur Highschool wo das Treffen stattfand. Als sie sich einparkte, konnte man schon laute Musik von damals hören. Marie stieg aus dem Wagen und musste lachen. Es war irgendwie ein komisches Gefühl. Als wäre sie nochmals achtzehn und kein Tag war vergangen. Sie folgte der Musik in die Turnhalle. Dort war eine Bühne aufgebaut auf der eine Band sehr gut spielte. Überall waren Lichter mit Effekten montiert und Nebelmaschinen taten ihr bestes. Marie holte sich ein Glas Sekt von der Bar und ließ ihre Blicke durch den Saal gehen. Da winkten auch schon zwei Mädchen die ihr bekannt vorkamen. Lucie Winter und Ella Twist. „Hi Marie, wir haben so gehofft, dass du dir die Zeit nimmst und aus New York kommst um uns alle wieder zu sehen" freuten sie sich. Sie redeten die ganze Zeit über die guten alten Zeiten und mussten lachen über Dinge die sie damals getan hatten. Über Lehrer die sie veralbert und den Schulmeister den sie immer wieder einen Streich gespielt hatten. Nur sehr wenige hatten es geschafft dem Provinzleben hier in Middletown zu entfliehen. Fast alle wohnten noch hier und waren mit Highschoollieben oder Partnern aus angrenzenden Städten liiert oder verheiratet. Da betrat Violett Kramer den Saal. Violett hieß jetzt Violett Harper und war mit einem Großindustriellen in New Jersey verheiratet. Mehr recht als schlecht, aber er hatte viel Geld und das gefiel

Violett. Außerdem hatte sie eine kleine Tochter mit ihm, die aber hauptsächlich von einem Kindermädchen erzogen wurde. Sie war schon eine Erscheinung aber man konnte jedem im Saal ansehen, dass er überlege was sie sich alles operieren hatte lassen. Marie wechselte ein paar Worte mit ihr aber dann wurde es ihr doch zu anstrengend. Violett sprach nur von Mode und Kosmetik und das war nicht Maries Metier. „Hi Marie." Marie drehte sich um und sah Susan Blum hinter sich stehen. Susan war bei der Polizei und in Uniform gekommen. „Ich bin im Dienst, aber ich dachte mir ich sehe mal vorbei." „Hallo Susan! Ich freue mich dich zu sehen" sagte Marie und umarmte sie. Susan wuchs im Nebenhaus ihrer Mutter auf. Auch sie hatte es aus Middletown nicht heraus geschafft. Sie wohnte in einem kleinen Häuschen zwei Straßen weiter, war kürzlich geschieden worden und kinderlos. „Er hat es einfach nicht verstanden, dass ich keine Kinder will und lieber Polizistin mit Leib und Seele bin. Ist das sehr egoistisch?" fragte Susan Marie. „Nein ich denke nicht. Ich habe auch noch keine Kinder aber mir fehlt auch noch der passende Partner dazu. Meine Karriere war mir bis jetzt auch sehr wichtig" sagte Marie. Susan war Maries erste Freundin. Ihre Eltern verstanden sich sehr gut und somit spielten sie schon in der Sandkiste miteinander. In der Schule hatten sie jedoch jeder ihre eigenen Freunde. Aber wenn sie sich sahen war es immer sehr herzlich und freundschaftlich. Plötzlich fühlte sich Marie beobachtet. „Sieh mal ganz vorsichtig zur Bar. Dort steht David Spencer und glotzt dich die ganze Zeit schon an." Marie drehte sich langsam in die Richtung und konnte David sehen wie er ihr mit einem Glas zuprostete. Sie erwiderte. „Oh mein Gott der ist ja richtig hübsch geworden. Ist er verheiratet oder vergeben?" wollte Marie von Susan wissen. „Nein, er hat zwar mehrere Beziehungen hinter sich, aber so richtig ernst war keine einzige. Er wohnt in seinem Elternhaus. Seine Eltern kamen vor etlichen Jahren bei einem Autounfall ums Leben aber das weißt du ja. Der wird auch hier alt werden" gab Susan zur Antwort. Plötzlich meldete sich eine Stimme auf Susans Funkgerät. „Susan, bitte kommen." „Ja was ist los?" antwortete sie. „Bitte komm schnell zum Wasserfall wir brauchen dich" sagte die Stimme. „Schade Marie ich muss leider. Ich werde gebraucht. Wie lange bist du in der Stadt? Vielleicht können wir uns sehen und uns ein bisschen unterhalten." „Ich bin bis Sonntag hier. Wenn du Zeit hast dann weißt du ja wo du mich finden kannst" antwortete Marie. Sie verabschiedeten sich mit einer festen Umarmung und Susan verließ den Saal. Marie sah zur Bar, konnte David aber nicht mehr sehen. War er etwa schon wieder gegangen ohne ein Wort mit ihr zu wechseln? Ob er noch beleidigt war weil Beth, Tami und sie ihn vor langer Zeit verarscht hatten? „Noch ein Glas Sekt Marie?" Marie drehte sich um und da stand er vor ihr. Er sah blendend aus. Groß, sportlich mit einem gepflegten Dreitagebart. Er hatte Jeans an und ein weißes Hemd das durch seine gebräunte Hautfarbe gut zur Geltung kam. „Hallo David. Danke das ist sehr nett von dir" sagte Marie. „Du siehst sehr gut aus Marie" erwiderte David. Marie spürte wie ihr die Röte ins Gesicht stieg. „Danke für das Kompliment. So charmant warst du aber in der Schule nicht" wusste Marie und beide mussten lachen. Sie tauchten in Erinnerungen ein und vergaßen dabei die

Zeit. Nicht nur über ihre momentane Lebensweise, auch über die Zukunft sprachen sie. David wohnte nach dem Tod seiner Eltern weiterhin in seinem Elternhaus. Er erzählte ihr, er hatte es mit der kleinen Erbschaft komplett renoviert und aus einem altbackenen Haus ein richtiges Schmuckstück gemacht. Aber wenn sie wolle, dann könnte sie sich ja selbst davon überzeugen und er lud sie für den nächsten Abend bei sich ein. Marie sagte zu und insgeheim freute sie sich darauf. Sie tauschten ihre Nummern aus damit sie sich noch genaueres ausmachen konnten. Fand sie David doch sehr sexy und irgendwie geheimnisvoll. Nicht so wie in der Schule. Da war er Durchschnitt und eher langweilig. Aber trotzdem auf der Liste der Verflossenen. Aber sie konnte sich gut vorstellen, dass sich ihr damaliger Drang jeden einmal gehabt zu haben umschlug und David vielleicht doch etwas ganz Besonderes werden konnte. Beth und Tami würden sich wahrscheinlich biegen vor Lachen bei diesem Gedanken. Marie verabschiedete sich von ihren alten Freunden und David brachte sie zu ihrem Auto. Sogar dort blieben sie noch eine

Weile stehen, scherzten und lachten.
„Kannst du dich noch auf unser kleines
kurzes Verhältnis erinnern?" fragte David
und himmelte Marie an. Wieder spürte sie,
dass sie rot wurde. Sie konnte ihm keine
Antwort geben, sondern schaute ihm nur in
seine stahlblauen Augen. David zog Marie
näher an sich heran damit sie seinen Körper
spüren konnte. Langsam kamen sie sich
immer näher bis sich ihre Lippen berührten.
Es war ein leidenschaftlicher Kuss und es
sollte nicht der Letzte sein. Als Marie
daheim ankam, blieb sie noch eine Weile im
Auto sitzen und ließ den Abend Revue
passieren. Wenn sie an David dachte bekam
sie ein Kribbeln in der Magengegend und
ein zufriedenes Lächeln im Gesicht. Es war
sehr spät geworden und ihre Mutter und
Rose schliefen schon. Leise schlich sie sich in
ihr Zimmer. Als sie im Bett lag läutete ihr
Handy. DAVID RUFT AN stand auf dem
Display. Marie hob zögerlich ab. „Hallo
David" sagte sie. „Hallo Marie. Ich musste
noch einmal deine Stimme hören. Ich kann
nicht aufhören an diesen Kuss zu denken.
Du bist eine unbeschreibliche Frau. Ich
wünsche dir eine gute Nacht und ich freue
mich schon dich morgen wieder zu sehen"

flüsterte David ins Telefon. „Ich freue mich auch. Gute Nacht" antwortete Marie. Mit einem breiten Grinsen im Gesicht schlief Marie ein. Es war ein herrlicher Tag und die Sonne schien Marie ins Gesicht. Sie öffnete ihre Augen und sah aus dem Fenster. Es musste schon Mittag sein, denn sie hörte den Schulbus der Rose von der Schule heim brachte. Marie zog sich an und ging in die Küche. Sie konnte ihre Mutter im Garten sehen, die gerade dabei war Blumen im Vorgarten zu pflanzen. Sie ging zu ihr und begrüßte sie. „Kann ich denn jetzt noch guten Morgen sagen?" fragte sie sie. „Na, ist wohl gestern sehr spät geworden" antwortete ihre Mutter. Sie gingen ins Haus und tranken Kaffee. Marie erzählte ihrer Mutter von dem Klassentreffen und wen sie aller dort gesehen hatte. Sie erzählte ihr auch von David und das sie sich näher gekommen waren. „Ich weiß nicht Marie. Bist du dir sicher, dass das eine gute Idee war? David Spencer ist laut Aussagen ein Frauenheld. Hat er doch schon etliche Affären gehabt und keine hielt es bei ihm aus. Warum auch immer. Aber du bist alt genug ich werde mich da nicht einmischen" wusste sie. Sie setzten sich auf die Veranda in die große Schaukel und beobachteten das Geschehen auf der Straße. Es war sehr ruhig und Marie genoss die Stille. Plötzlich blieb ein Polizeiauto vor ihrem Haus stehen und Susan stieg aus. Sie kam zu ihnen auf die Veranda und begrüßte sie und ihre Mutter. „Guten Tag Miss Trevor, hi Marie. Es ist etwas passiert. Ich fuhr gerade hier vorbei als ich euch sah und da habe ich mir gedacht ich erzähle es euch. Gestern als der Notruf kam musste ich zum Wasserfall fahren. Mister Walker ging dort mit seinem Hund spazieren und hat die Leiche eines Neugeborenen gefunden. Ich habe zwar selber keine Kinder, aber wie kann man das so einem kleinen unschuldigen Wesen nur antun. Es war ein Mädchen und nach der Geburt gesund laut Gerichtsmedizin. Jetzt müssen alle Frauen zwischen fünfzehn und fünfzig zum DNA-Test. Auch du Marie, weil festgestellt wurde, dass das Baby gestern geboren wurde und du da schon hier warst. Es tut mir leid, für die Unannehmlichkeiten" erzählte Susan. „Das ist ja schrecklich. Ich mache natürlich diesen Test auch wenn es in meinem Fall lächerlich ist. Wann bitte hätte ich das Baby entbinden sollen?" fragte sie. „Ach ja und Marie solange das nicht geklärt ist solltest du nicht nach New York zurück fahren" sagte Susan. Das sollte kein Problem sein, denn sie hatte noch so viel Urlaub übrig, den sie sich irgendwann sowieso nehmen musste. Gleich nach Susans Besuch würde sie Mister Bakker anrufen. Marie versprach Susan noch heute zu ihr auf die Polizeistation zu kommen um den Test zu machen. Susan dankte ihr und fuhr wieder weiter. So etwas gab es noch nie in Middletown. Ihre Mutter war entsetzt. Rose kam zu ihnen auf die Veranda und fragte was passiert sei. Sie erzählten es ihr und Marie bat sie gleich mit ihr auf die Polizeistation zu fahren, denn auch Rose musste sich dem DNA-Test unterziehen. Beide gingen in ihre Zimmer um sich fertig zu machen. Marie überlegte ob sie David anrufen sollte um ihm zu sagen, dass sie sich schon auf heute Abend freute. Da hatte sie auch schon wie in Trance seine Nummer gewählt und er hob ab. „Hallo Marie. Ich dachte schon du machst einen Rückzieher wegen heute Abend weil du dich bis jetzt nicht gemeldet hast." „Nein, nein, aber ich bin erst zu Mittag aufgestanden und jetzt war Susan hier. Ich freue mich natürlich auf heute

Abend und kann es gar nicht erwarten dich wieder zu sehen. Ich komme so um sieben. Ist dir das Recht?" fragte sie. „Mir ist jede Uhrzeit recht. Noch lieber wäre mir natürlich ich könnte dich jetzt schon in die Arme nehmen." Marie wurde wieder verlegen und versprach David sich zu beeilen. Vielleicht würde sie ja schon früher kommen. Nach dem Gespräch mit David rief sie noch Mister Bakker an. Sie erzählte ihm was hier passiert war und bat ihn ihren Urlaub noch verlängern zu dürfen. Zumindest noch für eine Woche. Erst war er nicht so erfreut, aber Marie konnte ihn dann doch davon überzeugen. Da klopfte es an Maries Tür. Rose war schon fertig und wollte unten auf Marie warten. „Ich komme sofort ich ziehe mir nur schnell was anderes an" sagte Marie. Als sie im Auto saßen und zur Polizei fuhren, kamen sie am Wasserfall vorbei an dem die Babyleiche gefunden wurde. Alles war mit Absperrbändern versehen und zwei Autos standen dort. Das musste die Spurensicherung sein die nach irgendwelchen Kleinigkeiten suchten um die Mutter des Babys ausfindig zu machen. Bei der Polizei angekommen, wartete Susan schon auf sie. Sie mussten beide eine

Speichelprobe abgeben. Dazu wurde ein überdimensionales Wattestäbchen verwendet, das die Innenseite ihrer Wangen abstrich. Die Resultate würden so schnell wie möglich ausgewertet werden. Wahrscheinlich noch heute. Es waren sehr viele Frauen hier. Viele kannte Marie und einige hatte sie noch nie davor gesehen. Sie mussten neu hier in Middletown sein. Da sah sie die Schwester von Beth. „Hallo Mona, wie geht es dir?" begrüßte Marie sie. „Hallo Marie. Danke und dir? Ist das nicht schrecklich mit diesem Baby? Solche Frauen müssten sofort sterilisiert werden damit sie keine Kinder mehr bekommen können." Marie pflichtete ihr bei und fragte ob sie etwas von Beth gehört hatte. „Nein leider. Beth und Tami sind wie vom Erdboden verschluckt. Nur ein Telegramm und das ist jetzt auch schon längere Zeit her. Ich vermisse sie so sehr" sagte Mona und tränen standen ihr in den Augen. Mona war eine kleine, zarte Person mit langen brünetten Haaren, die sie zu einem Schwanz zusammen gebunden hatte. Sie war vierundzwanzig Jahre alt und arbeitete als Kindergärtnerin in der Stadt. Auch sie musste zum Test und versprach Marie ihr

Bescheid zu geben wenn sie etwas von Beth und Tami hören sollte. Am Heimweg fragte Marie Rose was sie ihr eigentlich so wichtiges erzählen wollte als sie aus New York ankam. „Marie ich habe einen total süßen Jungen kennen gelernt. Er ist neu hier in der Stadt. Er ist mit seinen Eltern und seiner kleinen Schwester vor sechs Monaten hier her gezogen. Du müsstest ihn sehen. Wir haben uns jetzt schon ein paarmal getroffen und haben uns unsterblich ineinander verliebt." „Das freut mich für dich Rose. Stell ihn mir doch mal vor. Ich bin noch ein bisschen länger hier. Zeit genug um ihn zu treffen" freute sich Marie für ihre Schwester. „Ich habe heute auch ein Date" erklärte Marie. „Mit wem?" wollte Rose sofort wissen. „Mit David Spencer." „Oh Gott Marie, ist das nicht dieser Traumtyp der mit dir zur Schule gegangen ist? Alle Frauen in der Stadt werden auf dich neidisch sein. Er soll eine gute Partie sein." „Meinst du?" fragte Marie. „Hallo? David Spencer? Sogar ich beneide dich. Obwohl er doch ein wenig zu alt für mich ist. Aber von der Bettkante würde ich ihn trotzdem nicht stoßen." „Rose!" rief Marie und beide lachten.

Zuhause angekommen richtete sich Marie ein frisches Outfit zurecht und stieg unter die Dusche. Sie wollte heute besonders hübsch für David sein.

Marie stand vor Davids Haus und kontrollierte noch schnell ihr Aussehen in ihrem Autospiegel. Sie sah toll aus in ihrem kurzen, schwarzen, hautengem Kleid von Versace. Das hatte sie sich im Vorjahr von ihrem hart ersparten Geld geleistet und erst zweimal angehabt. Sie dachte sich, heute wäre die richtige Gelegenheit es anzuziehen. Sie überlegte, warum sie das Kleid eigentlich hierher mitgenommen hatte, aber wahrscheinlich war es Intuition. Auf jeden Fall war sie froh es dabei zu haben. Zaghaft klopfte sie an. David öffnete die Türe und sah Marie lächelnd an. „Du siehst sehr hübsch aus Marie" sagte er und Marie wurde verlegen. „Komm herein ich habe uns etwas zu Essen gemacht. Du wirst staunen. Ich bin ein guter Koch." Marie betrat Davids Haus und sah sich um. Es war sehr stilvoll eingerichtet. Das Wohnzimmer war sehr groß und zwei prächtige Palmen standen neben einer mächtigen Ledercouch. Im Kamin loderte das Feuer und überall waren kleine Kerzen angezündet. Die Küche war offen und wenn man auf der Couch saß, konnte man sich mit David unterhalten solange er noch beschäftigt war. Der Esstisch war mit sehr viel Liebe dekoriert. In der Mitte des Tisches stand ein wunderschönes Bukett aus weißen Callas. Callas waren Maries Lieblingsblumen, aber das konnte David unmöglich wissen. „Du hast es sehr schön hier" sagte Marie und sah zu David in die Küche. „Ich habe alles renoviert und neu eingerichtet. Es freut mich, dass es dir gefällt." Marie hatte es sich auf der Couch gemütlich gemacht als David mit einem Glas Martini vor ihr stand. „Aperitif?" fragte er. Marie nahm dankend an und nippte sogleich davon. „Kann ich dir vielleicht etwas helfen?" fragte Marie um die angespannte Situation etwas aufzumuntern. „Danke das ist sehr lieb von dir aber ich bin fertig. Wenn du willst, kannst du schon beim Tisch Platz nehmen" erwiderte David und deutete auf einen Sessel. Er benahm sich wie ein Gentleman und half ihr sich hinzusetzen. Als Vorspeise gab es eine französische Zwiebelsuppe mit kleinen Käsecroutons. Danach ein wahrhaft zartes Rinderfilet mit Rosmarinkartoffeln und mit Speck ummantelten grünen Bohnen und Rotweinsauce. Der krönende Abschluss dieses Gaumenschmauses war das Dessert. Erdbeer- und Schokoladenmousse. „Wo bitte hast du gelernt so gut zu kochen? Ich bin sprachlos" sagte Marie. „Weist du, wenn man alleine wohnt und gerne gut isst, dann eignet man sich Sachen an die einem Spaß machen. Und so habe ich kochen gelernt, denn immer wollte ich nicht essen gehen. Abgesehen davon gibt's hier in diesem Dorf nicht sehr viel Abwechslung was das betrifft." Marie nickte ihm beipflichtend zu. Sie half ihm das schmutzige Geschirr in die Küche zu bringen und in die Spülmaschine zu räumen.

„Komm, lassen wir das und machen wie es sich auf der Couch bequem" sagte David und nahm eine Flasche Wein aus dem Kühlschrank und zwei Gläser aus dem Regal. Sie sprachen und lachten über die vergangene Zeit in der Schule und jeder wusste über sein eigenes Leben zu berichten. Sie redeten auch über Beth und Tami und Marie sagte David, dass es sie so traurig machte, dass die beiden sich so einfach aus dem Staub machten und ihr kein Sterbenswörtchen davon erzählten. Sie fühlte sich so ausgeschlossen. „Du machst dir zu viele Gedanken um das Leben anderer. Denk an dich und an deine Zukunft. Und vielleicht auch ein bisschen an mich?" scherzte David und prostete ihr wieder zu. Da musste Marie dann doch auch lächeln. Lange sahen sie sich in die Augen, bis David ihr über die Wange streichelte und sie ganz langsam näher zu sich zog um sie zu küssen. Marie wehrte sich nicht. David konnte außergewöhnlich gut küssen. Sie legten sich vor den Kamin und gaben sich ihrer Leidenschaft hin. Das Kaminfeuer knisterte und leise Musik ließ sie alles um sich vergessen. David war ein toller Liebhaber und Marie genoss es nach allen Regeln der Liebeskunst verwöhnt zu werden. Sie war einfach nur glücklich. Eng aneinander gekuschelt schliefen sie dann ein. Als Marie ihre Augen aufmachte, sah sie erschrocken auf die Uhr. Verdammt, schon fünf Uhr früh. Marie suchte ihr Kleid und ihre Unterwäsche zusammen und schlüpfte schnell hinein. Sie war zwar schon eine erwachsene Frau, aber es musste ja nicht sein, dass das ganze Dorf über sie sprach. Sie nahm ihre Schuhe in die Hand und ging in die Küche. Dort fand sie einen Zettel und einen Stift und schrieb David noch schnell eine Nachricht bevor sie das Haus verließ.

Als auch David munter wurde, sah er, dass
Marie nicht mehr da war. Da fand er den
Zettel auf dem stand „GUTEN MORGEN
MEIN SCHATZ. ES WAR UNBESCHREIBLICH.
ICH RUFE DICH AN. KUSS MARIE!" David
begann zu lächeln und schlief wieder ein.

„Na, willst du denn nicht mal aufstehen?"
Marie sah sich mit müden Augen um und
sah Rose vor ihr stehen. „Rose bitte. Muss
das sein?" „Wir sind wohl erst in den
Morgenstunden heim gekommen oder?"
lachte Rose. Marie warf ihr einen Polster ins
Gesicht. Rose ließ sich in Maries Bett fallen
und lachte. „Los erzähl, wie war es gestern
bei David? Ist er ein guter Lover? Komm
erzähl doch!" wollte sie wissen. „Er ist
einfach, einfach, oh Gott ich weiß gar nicht
wo ich anfangen soll so toll ist er"
berichtete Marie. Marie erzählte Rose aber
nur die für sie wichtigen Dinge. Die
Intimitäten mit David behielt sie für sich.
Obwohl Rose bettelte sie sollte es ihr doch
verraten. „Sag Mum ich komme gleich und
ich habe riesen Hunger" bat sie ihre
Schwester. Marie blieb aber dann doch
noch eine Weile im Bett liegen und ließ den
gestrigen Abend und die Nacht Revue
passieren. Wenn sie nur an David dachte
spürte sie die vielen Schmetterlinge in
ihrem Bauch. Dieses Gefühl hatte sie schon
lange nicht mehr verspürt. Sie kam aus dem
Grinsen gar nicht mehr heraus und war

sichtlich zufrieden. Ihre Mutter hatte ihr Kaffee und Kuchen gerichtet. Sie arbeitete wieder im Garten und Marie beschloss hinaus zu gehen und ihr zu helfen. „Hi Mami, kann ich dir helfen?" fragte sie und ihre Mutter freute sich darüber. Gemeinsam knieten sie vor dem Blumenbeet und zupften Unkraut aus. „Und? Schönen Abend gehabt?" fragte sie Marie. „Mami, erzähl mir was die Leute hier im Dorf so über David sagen." „Was soll ich dir da erzählen? Ich weiß nur, dass er kein Kind von Traurigkeit ist. Aber mein Gott er ist ja so wie du noch sehr jung und soll er doch sein Leben so leben wie er es möchte. Du weißt Marie. Leben und leben lassen ist mein Motto. Damit kann man nie falsch liegen." „Also glaubst du meint er es ernst mit mir, oder bin ich nur eine von vielen" fragte Marie. „Das kann man nie wissen mein Schatz. Man kann sich ändern. Aber wenn du jetzt glücklich bist dann ist das gut so und genieße die Zeit." Maries Mutter hatte immer einen guten Ratschlag für ihre Kinder und gern nahmen sie ihn auch an. Marie nahm sich vor sich voll und ganz auf David einzulassen. Da fuhr plötzlich Susan in ihrem Polizeiauto vor. Sie sprang aus dem

Auto und lief auf sie zu. „Hallo Susan, ist schon wieder etwas passiert?" fragte Maries Mutter. „Können wir kurz ins Haus gehen? Es liegen die Ergebnisse der Tests vor und ich dachte mir Marie du sollst es als erstes erfahren." Die drei gingen ins Haus uns setzten sich an den Küchentisch. Maries Mutter schenkte jeden eine Tasse Kaffee ein bevor auch sie sich hinsetzte. „Marie, jetzt hör mir gut zu. Ich bin noch immer ganz fertig. Die Tests haben ergeben, dass Mona, die Schwester von Beth die gleiche DNA hat wie das tote Neugeborene. Daraufhin wurde Mona untersucht und sie stellten fest, dass sie noch nie schwanger war. Ihre Mutter gab uns dann eine Haarbürste von Beth die sie noch hatte und die DNA stimmte überein. Marie, das ist Beths Baby das beim Wasserfall gefunden wurde." Marie und ihre Mutter sahen sich ganz erschrocken an. „Susan, willst du mir damit sagen, dass Beth in der Stadt ist?" fragte Marie sie. „Marie ich will dir damit sagen, dass Beth entweder hier sein muss, oder gestern hier war. Das tote Baby ist hundert prozentig Beths Baby. Ich muss jetzt gleich wieder zur Polizeistation. Wir müssen nochmals die Fundstelle des Babys

absuchen. Vielleicht finden wir irgendwelche Hinweise auf Beth. Wenn sie hier in
der Stadt ist, werden wir sie finden. Das
verspreche ich dir." Marie saß der Schock
noch immer in den Gliedmaßen und ihre
Gesichtsfarbe hatte sich noch immer nicht
geändert. Sollte Tami vielleicht auch in der
Stadt sein? Aber warum hat Beth sich
niemandem anvertraut wenn sie schwanger
war? Und warum hat sie sich bei
niemandem gemeldet? Und warum war das
Baby tot? Beth hätte es nie ums Herz
gebracht ihr eigenes Kind zu töten. Sollte sie
sich so verändert haben? Marie verstand
die Welt nicht mehr. Susan verabschiedete
sich und fuhr wieder weg. Eine ganze Weile
saßen Marie und ihre Mutter noch in der
Küche und sprachen kein Wort. Beide
waren geschockt. „Ich muss David anrufen
und es ihm erzählen" sagte Marie und lief
hinauf in ihr Zimmer. „David? Hi ich bin es.
Hast du Zeit? Können wir uns treffen?"
David bejahte und Marie stieg sogleich in
ihr Auto um zu ihm zu fahren. Als sie bei
David ankam stand er schon vor der Türe. Er
begrüßte sie mit einem Kuss und bat sie
herein. Sie setzten sich in den Garten unter
die schön bepflanzte Laube. „Was ist los?

Du warst so aufgeregt am Telefon" fragte er. „Susan war eben bei mir. David Beth muss in der Stadt sein. Sie haben heraus gefunden, dass das tote Baby Beths Kind ist. Sie muss gestern entbunden haben und das Kleine sofort getötet haben. Ich verstehe es nicht. Das ist doch nicht die Beth die wir kennen. Oder?" erzählte Marie ihm aufgeregt. Davids Gesicht erstarrte. Auch er wurde kreidebleich. „Und was will die Polizei jetzt unternehmen?" „Sie untersuchen nochmals die Fundstelle des Babys. Vielleicht finden sie noch Hinweise die darauf schließen wo Beth sich aufhält. Ich werde Susan fragen ob ich irgendwie helfen kann" sagte Marie. David begleitete Marie auf die Polizeistation. Susan aber lehnte ab und bat Marie nur sich vielleicht ein bisschen um Beths Mutter zu kümmern. Sie hatte es gerade sehr schwer und einige Nachbarn wandten sich von ihr ab. Wie kann denn nur die eigene Tochter so etwas tun? Anstatt ihr Hilfe anzubieten, erschwerten sie ihr die Situation noch. David und Marie fuhren also zu ihr. Als sie an die Türe klopften, machte sie ihnen nur zögerlich auf. „Hallo Mrs. Schneider. Ich möchte nur nachsehen wie es ihnen geht" sagte Marie vorsichtig. Sie ließ die beiden herein und bat ihnen kalten Eistee an. Gerne nahmen sie an und setzten sich. „Beth ist doch kein Monster. Ich kann einfach nicht glauben, dass sie so etwas getan hat. Sie liebt doch Kinder und wollte selber immer einige haben" sagte sie und weinte. „Ich verstehe nur nicht warum sie sich nicht bei ihnen meldet wenn sie hier ist. Hatten sie vielleicht Streit als sie verschwand?" fragte David. „Nein wir hatten keinen Streit. Im Gegenteil. Sie sagte noch, dass sie pünktlich am Abend zu Hause sei als sie fort ging. Aber das habe ich der Polizei schon vor einem Jahr gesagt als sie nicht heim kam und wir sie und Tami suchten. David du hast ja auch geholfen. Aber sie waren wie vom Erdboden verschwunden. Bis dieses Telegramm kam. Ich frage mich nur was sie in Kanada wollen" erklärte Mrs. Schneider ihnen. Tamis Eltern ließen sich kurz nach dem Verschwinden ihrer Tochter scheiden und zogen weg aus Middletown. Keiner wusste genau wohin und keiner hatte noch Kontakt zu ihnen. Sie lebten immer sehr zurückgezogen und hatten nicht viele Freunde hier. Beths Mutter hatte nur die

41

Telefonnummer von Tamis Mutter. Die hatte sie der Polizei gegeben als sich herausstellte, dass Beth die Mutter des gefundenen Babys war. Sie wollte sie nicht anrufen, da es ihr peinlich war. Nach einer guten Stunde verließen David und Marie sie wieder und fuhren zu David. „Marie du solltest dich etwas ausruhen. Du bist ganz aufgeregt und ich sehe dir an, dass es dir nicht gut geht" sagte David und reichte ihr ein Glas Rotwein. „Du hast recht, ich werde mich hier ein wenig auf die Couch legen wenn es dir nichts ausmacht" erwiderte sie. David brachte ihr noch eine Decke und deckte sie damit zu. Er küsste sie auf die Stirn und strich ihr das Haar aus dem Gesicht. „Ich bin so froh, dass ich dich habe" hauchte Marie und schlief sogleich ein. Als sie munter wurde, roch es herrlich nach gutem Essen. Sie sah zur Küche, konnte David aber nicht sehen. Sie stand auf um in die Töpfe die am Herd standen zu sehen. Da hörte sie ein Geräusch aus dem Keller. Sie machte die Kellertüre auf und rief. „David! Bist du hier unten?" Aber sie bekam keine Antwort. Es war sehr finster aber Marie konnte keinen Lichtschalter finden. Sie wagte sich einige Stufen hinab. „Marie, was machst du hier?" Marie erschrak fast zu Tode. David stand plötzlich hinter ihr. „Ich habe ein Geräusch aus dem Keller gehört und dachte du wärst hier unten. Sag mal gibt es hier kein Licht?" „Komm sofort wieder herauf. Der Keller ist nichts für dich" sagte David sehr bestimmend. Marie begab sich wieder ins Wohnzimmer und setzte sich. „Wo warst du?" fragte sie ihn. „Ich war im Garten und habe dir eine Rose gebracht um dich zu überraschen" grinste David sie an. Er dachte wirklich an alles. Gutes Essen, romantische Musik und Blumen noch dazu. Sie sah ihn eine Weile an und dachte sich. Wie konnte sie ihn damals in der Schule so verarschen? Wenn sie gewusst hätte, dass David so zuvorkommend und lieb sein konnte hätte sie ihn damals besser behandelt und vielleicht wären sie schon seit der Schulzeit ein Paar. Nach dem Essen machten sie es sich vor dem Fernseher bequem. „Wenn du mich weiterhin so gut bekochst, werde ich bald kugelrund sein" scherzte Marie. „Das glaube ich nicht, du hast einen wunderschönen Körper Marie" sagte David und strich ihr vom Hals abwärts über ihre Brüste bis zu ihrem Bauch. Er knöpfte ihre Bluse auf und küsste sie. Dann hob er sie auf und trug sie ins Bett. Sie sprachen kein Wort aber ihre Augen sagten ihnen, dass sie sich wollten. Sie liebten sich bis zum Morgengrauen. Langsam und voller Leidenschaft. Erschöpft schliefen sie dann eng umschlungen ein.

Als Marie ihre Augen öffnete, sah sie in Davids Gesicht. Er schlief noch. Sie sah ihn sehr lange an und überlegte, wie es wohl mit ihnen weiterging. Sie lebte in New York und David hatte sich hier sein Reich zurecht gemacht. Anfangs müssten sie beide mit einer Fernbeziehung klarkommen müssen. Man musste wohl die Zeit für sich arbeiten lassen und sehen wie aller weiterging. Vielleicht war auch sie nur eine kurze Affäre. Was soll´s, dachte sie sich. Sie würde die Zeit und den fabelhaften Sex mit ihm jetzt einmal genießen. Dann stand sie auf und ging in die Küche. Sie bereitete ein klassisches Frühstück für sie zurecht. Kaffee, Toast mit Butter und Marmelade, weich gekochte Eier und Orangensaft. Sie trug das Frühstück auf einem großen weißen Tablett zum Bett. David sah sie schon lächelnd an und sagte. „Guten Morgen mein Schatz. Daran könnte ich mich gewöhnen." Er küsste Marie und dann aßen sie gemeinsam im Bett. Als sie fertig waren brachte er das Geschirr zurück in die Küche und kuschelte sich wieder zu Marie. Sie lagen eine ganze Weile einfach nur da und sahen sich an.

„Wie soll es eigentlich mit uns weiter gehen?" wollte David wissen. „Ich weiß es nicht, aber wir sollten uns einstweilen keine Gedanken darüber machen. Meinst du nicht es ist noch ein bisschen früh darüber nachzudenken?" fragte sie ihn. Davids Augen blitzten plötzlich auf und er setzte sich auf im Bett. „Willst du mich vielleicht wieder verarschen, wie damals in der Schule?" zischte er sie an. „Nein sicher nicht David, aber ich denke es gehört alles in Ruhe und bis ins kleinste Detail überlegt. Wir wohnen schließlich nicht gerade ein kleines Stück voneinander entfernt. Wer gibt sein bisheriges Leben für den anderen auf? Wir sollten sich in aller Ruhe zusammen setzten und darüber diskutieren. Aber bitte nicht jetzt. Der Tag hat so wundervoll begonnen" sagte Marie und sah dabei David etwas unsicher an. Sie hatte sich nicht gedacht, dass David sich so über die damalige Abfuhr gekränkt hatte. Sie verbrachten den ganzen Vormittag im Bett. Mit reden, sich einfach nur anzusehen und einer Menge Sex. Den Nachmittag wollten sie damit verbringen um im Garten zu faulenzen und vielleicht ein gutes Buch zu lesen. Marie sah sich im Wohnzimmer beim

Buchregal um etwas Lesbares um. Da fand
sie ein Buch mit dem Namen „ SPUREN IN
DER ZUKUNFT „ Das war ihr, Beth und Tamis
Lieblingsbuch als sie noch zur Schule gingen.
Es handelte von der ersten großen Liebe,
die damit oft verbundenen Enttäuschungen
und einem Jungen für den jedes Mädchen
sterben würde, obwohl der sie nur
benutzte. Damals schwuren sie sich niemals
auf so einen Mann hereinzufallen.
Stattdessen wollten sie eher so sein wie der
Junge in diesem Buch. Hübsch, nett,
romantisch aber nichts desto trotz ein
Arschloch. Warum hatte David dieses Buch?
Sie nahm es unter den Arm und ging in den
Garten zurück. „Und? Was gefunden das
dich interessiert?" fragte er. Marie zeigte es
ihm und David starrte das Buch mit offenem
Mund an. „Warum gerade dieses Buch?"
frage David sie zornig. „Mein Gott, was ist
denn so schlimm daran? Das war früher
mein Lieblingsbuch. Aber warum hast du
das?" wollte sie wissen. „Das hat mal ein
Mädchen hier vergessen" gab er nur kurz
zur Antwort und ging trotzig in die Garage.
Nach einer kurzen Weile folgte Marie ihm.
Da hörte sie einen dumpfen Kracher in der
Garage. Sie blieb stehen und sah, dass David

mit der Faust gegen einen alten Kasten schlug und vor sich hin schimpfte. Marie trat einen Schritt zurück, damit er sie nicht sah. Schnell drehte sie sich um und lief wieder zurück in den Garten und setzte sich in den großen Korbsessel der unter einer großen Weide stand. Warum regte er sich gar so auf? War es wirklich so schlimm wenn sie das Buch wieder einmal las? Wahrscheinlich weckte es schlechte Erinnerungen an sein bisheriges Liebesleben. Aber sie wusste, dass sie anders war. Früher vielleicht war sie so wie der Junge in diesem Buch, aber jetzt war sie glücklich mit David. Irgendwie musste sie ihm das zeigen. David kam aus der Garage und hatte ein Tuch über seine Hand gewickelt. „Mein Gott, was ist passiert?" fragte sie ihn. „Ach nichts, ich habe mich nur beim Auto verletzt" schwindelte er. „Weißt du was? Ich habe ein bisschen in dem Buch geblättert und bin zu der Erkenntnis gekommen das ist der größte Schrott der je geschrieben wurde. Ich stelle es zurück ins Regal" log sie ihm vor, stand auf und ging ins Haus. Von innen konnte sie sehen, wie David sich gegen die Weide lehnte und sie beobachtete. Sie holte noch zwei Gläser Wasser und ging zu ihm zurück. „Ich würde es nie übers Herz bringen dich so zu behandeln wie der Typ in dem Buch. Weißt du David ich glaube nämlich ich liebe dich" hauchte sie ihm mit einem Kuss auf die Wange zu. „Entschuldige, dass ich mich ab und zu so komisch verhalte, aber ich bin in meinem Leben schon sehr oft verarscht worden. Und die ganze Stadt glaubt ich bin der Herzensbrecher, doch bis jetzt wurde immer mir das Herz gebrochen" gab er zur Antwort. „Ich werde dir dein Herz nicht brechen" sagte Marie und strich ihm über sein Gesicht. „Ich hoffe es" antwortete er. Es war mittlerweile schon Nachmittag und Marie wollte nach Hause zu ihrer Mutter. Hatte sie ihr doch versprochen Zeit mit ihr zu verbringen wenn sie schon einmal hier war. David begleitete sie zum Auto. „Sehen wir uns heute noch? Wir könnten ja essen gehen wenn du willst." „Ja gerne ich komme um acht zu dir und lasse mich überraschen wohin du mich ausführst" willigte Marie ein. Sie winkte ihm noch als sie an ihm vorbei fuhr.

„Hallo Mami!" rief Marie als sie ins Haus kam. „Ich bin hier Schatz!" rief sie aus dem Wohnzimmer. „Sag mal haben wir noch das Buch, das ich in meiner Schulzeit mindestens zehnmal gelesen habe? Du weißt schon es hieß „SPUREN IN DER ZUKUNFT"" fragte Marie. „Aber sicherlich. Im Keller ist eine Kiste unter den Stiegen. Dort muss es drinnen sein. Aber sag nicht du willst es wieder lesen. Bist du nicht schon etwas zu alt für einen Teenie Roman?" lachte sie. Marie lächelte mit funkelnden Augen zurück und ging sogleich in den Keller um das Buch zu suchen. Ihre Mutter hatte gut beschrieben wo sie es finden würde und deshalb war es ein Kinderspiel es wieder in Händen zu halten. Sie brachte es in ihr Zimmer und nahm sich vor es zu lesen sobald sie ein wenig Zeit für sich alleine hatte. „Wollen wir in die Stadt fahren und ein bisschen shoppen?" fragte sie ihre Mutter. „Ja gerne, ich ziehe mir nur etwas anderes an" erwiderte sie. Wenig später saßen sie auch schon im Auto und fuhren über die Landstraße. Sie fuhren am Wasserfall vorbei und irgendetwas sagte Marie, dass sie stehenbleiben musste. Sie gingen zu der Stelle wo Beths Baby gefunden wurde. „Ich kann mir nicht helfen, aber ich habe es irgendwie im Gefühl, dass Beth hier in der Stadt ist. Irgendwo versteckt sie sich. Ich frage mich immer nur warum sie das tut. Vielleicht braucht sie auch ärztliche Hilfe nach der Geburt. Ich stelle es mir schrecklich vor hier alleine ein Baby bekommen zu müssen. Und noch schrecklicher ist die Vorstellung ein gesundes Kind zu töten. Beth wäre zu so etwas nicht fähig. Vielleicht wurde sie dazu gezwungen. Ich weiß nicht" dachte Marie laut. Ihre Mutter nickte, denn sie war derselben Meinung wie Marie. Sie stiegen wieder ins Auto und fuhren weiter. Beim Einkaufszentrum wollten sie sich ihre Zeit vertreiben. In einer kleinen Boutique sah Marie ein traumhaftes Kleid. Es war rot, kurz und schulterfrei. Die passenden Schuhe fanden sich auch. Marie suchte auch nach einem Mitbringsel für ihre Freundin Jane. Jane sammelte Elefanten in allen Variationen. Sie hatte schon Figuren, Bilder, Stoffelefanten und vieles mehr. Marie fand ein T-Shirt mit einem Comic-Elefanten der auf seinen großen Ohren viele Ohrringe hatte. Das gefiel Marie, denn auch Jane hatte pro Ohr etwa acht bis zehn Ohrringe und Stecker. Das war ihr Markenzeichen. Gleich wenn sie wieder zu Hause wären, würde sie Jane anrufen um zu fragen was es neues in New York gab. Und außerdem musste sie noch Joe den Portier anrufen um ihm zu sagen, dass sie länger als geplant hier in Middletown blieb. Joe war auch sicherlich so nett und kümmerte sich einstweilen um ihre Pflanzen. Einen Schlüssel zu ihrem Appartement hatte er ja. Nach ihrer Shoppingtour setzten sich Marie und ihre Mutter noch in eine Eisdiele. Als sie jünger war und noch hier wohnte, war sie oft mit ihren Freunden hier. Beth, Tami und sie liebten es sich im Einkaufszentrum aufzuhalten. Hier konnte man am besten Jungs kennenlernen. Man war immer am neuesten Stand was die Mode betraf und Cafe´s gab es auch jede Menge. Beide bestellten sich einen gr0ßen Eisbecher mit gemischtem Eis. Ihre Mutter liebte Schokoladeneis und Kaffeeeis am liebsten, Marie bevorzugte eher die fruchtigen Sorten wie Erdbeere, Mango und Zitrone.

Da läutete Maries Handy. Susan war dran und bat sie am nächsten Morgen auf die Polizeistation zu kommen. Sie hatten neue Beweise gesichert und Susan wollte mit Marie darüber sprechen. „Ok, kein Problem. Ich komme um acht Uhr in der Früh zu dir" antwortete Marie. Es war schon spät geworden und Marie musste sich noch zurecht machen. Sie wollte ja noch mit David essen gehen. Sie war schon gespannt wohin er sie ausführen würde.

Marie sah hinreißend aus in ihrem neuen Kleid. Sie rief Jane an. „Hallo Marie mein Mäuschen. Wie geht es dir in der Provinz?" rief Jane ins Telefon. Marie freute sich Janes Stimme zu hören. „Jane, ich glaube ich habe mich verliebt" Stille am anderen Ende der Leitung. „Na aber ich hoffe du kommst wieder heim" war die Antwort. „Willst du mich nicht hier besuchen kommen? Ich bleibe etwas länger als geplant." „Ok, schick mir die Adresse per Mail und ich bin in den nächsten Tagen bei dir" freute sich Jane über die Einladung ihrer Freundin. Es tat ihr sicher gut auch einmal ein bisschen Abstand von der Großstadt zu bekommen. Marie erzählte Jane davon was hier passiert war und Jane konnte es gar nicht mehr erwarten endlich zu kommen auch um Maries neu erworbene Liebe kennen zu lernen. Da hörte sie auch schon David vor dem Haus hupen. „Jane, ich muss jetzt aufhören. David holt mich ab. Küsschen und beeil dich. Ich freue mich schon auf dich" sagte

Marie und legte auf. Schnell zog sie sich noch die neuen Schuhe an und lief die Stiegen hinunter zur Eingangstüre. „Ich bin dann mal weg. Ihr braucht nicht auf mich zu warten, es wird sicherlich spät werden!" rief sie ihrer Mutter und ihrer Schwester noch zu und verließ das Haus. David war geplättet weil Marie so gut aussah. „Und, wohin geht's?" wollte sie gleich wissen. „Lass dich überraschen. Heute wird es nobel" antwortete David und konnte kaum die Augen von ihr lassen. Sie fuhren in die Stadt und blieben vor einem neuen wunderschönen Hotel stehen. David stieg aus und übergab einem jungen Mann in Hoteluniform den Autoschlüssel. Marie wurde die Türe geöffnet und die Hand zur Hilfe beim Aussteigen angeboten. Auf einem roten Teppich gingen sie dann in die Hotelhalle und zur Rezeption. „Ich habe reserviert aus den Namen Spencer" sagte David zu dem Rezeptionisten. „Bitteschön Mr. Spencer. Ich wünsche ihnen einen schönen Abend" bekam er zur Antwort. David führte Marie zum Aufzug und sie fuhren in den letzten Stock. Dort befand sich das Penthouse des Hotels. Marie war begeistert. Es war wunderschön eingerichtet. Marmorboden in allen Räumen, ein gemütlicher Kamin und eine Aussicht zum Verlieben. Vor dem großen Fenster stand ein gedeckter Tisch mit einer atemberaubenden Blumendekoration. Aber das Beste kam noch. Das Badezimmer. Es war mindestens so groß wie ihr Wohnzimmer in New York. Und mitten im Raum stand eine riesige Badewanne mit Whirlpool. Das Wasser war schon eingelassen und wurde beheizt. Überall standen Kerzen und lagen Rosenblätter. Auch im Wasser der Wanne. Da klopfte es an der Türe. „Zimmerservice" rief ein Page. David öffnete die Türe und der Page kam mit einem reichlich gedeckten Servierwagen herein auf dem die köstlichsten Speisen waren. Sie setzten sich zum Tisch und der Page öffnete Die Flasche Champagner, die in einem Flaschenkühler auch am Servierwagen stand. Er schenkte ihnen ein und richtete ihnen das Essen am Tisch an. David gab ihm dann noch ein beachtliches Trinkgeld bevor er sich zurückzog. „Daran könnte ich mich gewöhnen" sagte Marie und strahlte. „Ein außergewöhnlicher Abend für eine außergewöhnliche Frau" flüsterte David und prostete ihr zu. Marie fühlte sich wie ein Star und genoss es so verwöhnt zu werden. Nach dem Essen stiegen sie in die Wanne. Das Wasser war gut temperiert und auch hier stand eine Flasche Champagner mit zwei Gläsern parat. Sie lagen im warmen Bad mit den Rosenblättern und hörten leise Musik. Ihre Körper wurden von dem sprudelnden Wasser massiert. David küsste Marie und ihr schien, als ob alleine seine zärtlichen Berührungen sie zum Höhepunkt kommen ließen. Dann konnten sie es kaum erwarten sich im großen runden Bett zu lieben. David trug Marie ins Schlafzimmer. Dort liebkoste er jeden Zentimeter ihres Körpers. Sie waren die ganze Nacht wach und liebten sich. Das war bestimmt der beste Sex den ich je hatte, dachte sich Marie bevor sie erschöpft einschlief.

Marie erschrak als sie wach wurde. Sie sah auf die Uhr und hüpfte sofort aus dem Bett. Hatte sie doch Susan gesagt sie würde um acht bei ihr sein und es war schon halb acht. Sie weckte David auf. „David, ich muss sofort weg. Susan wartet auf mich. Kann ich dein Auto nehmen? Ich komme so schnell als möglich zurück und dann frühstücken wir" David nickte nur und Marie zog sich schnell an, nahm seinen Autoschlüssel und lief zur Tür hinaus. Vor dem Hotel gab sie dem Pagen den Autoschlüssel, der in Blitzeseile das Auto vorfuhr. Susan wartete schon auf Marie. Sie zogen sich in ein kleines Büro zurück und Susan begann zu erzählen. „Marie, wir kommen einfach nicht so recht weiter in diesem Fall. Nicht eine Spur lässt darauf schließen, wie das Baby zum Wasserfall gekommen ist oder besser gesagt wer es dort hingelegt hat wenn es Beth selber nicht war. Wir haben nur eine rote Sporttasche gefunden indem es gelegen hat. Aber es ist nicht herauszufinden wem sie gehört. Keine Fingerabdrücke und auch sonst keine Spuren. Die Tasche gehörte auf jeden Fall nicht Beth. Das hat ihre Mutter uns bestätigt. Außer sie hätte sie erst gekauft nachdem sie verschwunden war. Es ist aber schon eine ziemlich alte Tasche." „Ich bin mir noch immer ziemlich sicher, dass Beth es nie übers Herz gebracht hätte ihr eigenes Kind zu töten und wie Müll zu entsorgen" sagte Marie. Man konnte Susan ansehen, dass sie ratlos war und sie meinte: „Ich hoffe nur sie ist in der Nähe und es geht ihr gut. Sie braucht eine Untersuchung nach der Geburt. Nachdem die Nabelschnur laut Gerichtsmedizin nur laienhaft durchtrennt wurde." Sie wollten gar nicht darüber nachdenken was wäre, wenn sie irgendwo läge und dringend Hilfe bräuchte. „Und, was geht so mit dir und David? Ich habe in der Stadt gehört, dass ihr ziemlich viel Zeit miteinander verbringt. Läuft da was zwischen euch?" fragte Susan mit einem breiten Grinsen im Gesicht. Marie spürte, dass sie rot wurde. „Susan, er ist einfach traumhaft. Ich hätte mir nie gedacht, dass sich David zu so einem feschen, kultivierten und überaus zuvorkommenden Mann entwickeln würde. Wenn ich da so an sie Highschool denke" sagte Marie und beide mussten lachen. „Aber ich würde trotzdem ein bisschen aufpassen. Er hat da so seine Nachrede hier. Er hatte schon viele Beziehungen die glücklich schienen aber nicht waren." „Wie meinst du das?" fragte Marie. „Frag dich mal warum bis jetzt keine bei ihm geblieben ist obwohl er laut dir doch so zuvorkommend und kultiviert ist. Er muss irgendeinen Fehler haben mit dem keine Frau zurechtkommt." Marie fiel aber eigentlich keiner ein. Sie wollte auch gar nicht darüber nachdenken. Es passte so wie es war. Sie verabschiedete sich noch von Susan und diese bat sie niemandem von der Tasche zu erzählen, da auch sie es Marie eigentlich nicht sagen durfte. Marie versicherte ihr es nicht zu tun und verließ die Polizeistation um zu David ins Hotel zurück zu fahren. Als sie im Penthouse ankam, stand David gerade unter der Dusche. Sie blieb vor der Duschkabine stehen und beobachtete ihn durch das verschleierte Glas. Er hatte einen wunderschönen durchtrainierten Körper und Marie war stolz darauf, dass sie es war die diesen Körper liebkosen durfte. Sie strich sich das Gewand vom Leib und stieg zu ihm unter die Dusche. Man konnte David ansehen, dass es ihm nicht unangenehm war. Sie wuschen sich gegenseitig. Überall.

Da hörte Marie ein Klopfen an der Türe. „Moment!" rief sie und stieg wieder hinaus. Sie zog sich einen Bademantel an und ging zur Türe. „Zimmerservice. Das Frühstück!" rief ein Page. Marie öffnete und der Page rollte einen Servierwagen ins Zimmer. „Dankeschön" sagte Marie und dann verließ er den Raum wieder. Marie richtete das Frühstück am Tisch an und als sie fertig war, kam auch schon David aus dem Bad. Sie frühstückten königlich mit frischem Lachs und Champagner. „Was werden wir heute unternehmen?" fragte sie David. „Was hältst du von einem Picknick beim See? Ich habe dort ein kleines Boot. Wenn du willst können wir ein wenig am See herumfahren" antwortete er ihr. Marie war begeistert von der Idee. „Ich muss aber vorher nochmal nach Hause um mich umzuziehen." David nickte und dann machten sie sich fertig um das Hotel wieder zu verlassen, denn um elf

Uhr mussten sie aus dem Penthouse wieder draußen sein. David fuhr Marie zu ihrem Haus und sie verabredeten sich für vierzehn Uhr. Er würde sie wieder abholen. Sie küssten sich noch im Auto und Marie bedankte sich bei ihm für den wunderschönen Abend und die aufregende Nacht. Ihre Mutter stand im Garten und winkte David zu als er wegfuhr. „Ich hoffe er behandelt dich gut und wirft dich nicht weg wie die anderen Frauen die er hatte" sagte sie zu Marie und sah ihm dabei nach. „Mutter, du weißt gar nichts über David" fuhr Marie ihre Mutter an. Langsam konnte sie es nicht mehr hören, dass alle von David glaubten er wäre der Frauenheld schlechthin und würde sie alle schlecht behandeln. Sie wusste es besser. Marie zog sich in ihr Zimmer zurück und legte sich aufs Bett. Ihre Blicke streiften durch den Raum als sie plötzlich das Buch aus ihrer Jugend im Regal sah. Sie stand auf und holte es sich. Langsam setzte sie sich auf die Fensterbank und begann darin zu blättern. Auf einigen Seiten hatte sie sich Absätze mit gelbem Marker angestrichen. Das machten sie und ihre Freundinnen wenn sie eine Zeile sahen die sie besonders interessierten

und beim nächsten Treffen lasen sie sich
diese Zeilen vor. Jeder mit einer anderen
Farbe damit sie immer wussten wem
welches Buch gehörte. Marie musste lachen
als sie auf die Zeile traf „Frauen muss man
benutzen wie ein Auto. Erst Probe fahren
und wenn es nicht passt zurückgeben „. Sie
hatte das Wort Frauen durch Männer
ersetzt. Das war ihre Lebensphilosophie
ihrer Jugend. Heute dachte sie anders
darüber. Besonders jetzt wo sie David
wieder hatte. Sie dachte sich. Probe
gefahren habe ich ihn schon und jetzt ist er
eingefahren. Sie verbrachten einen
wunderbaren Nachmittag am See und eine
lustige und doch romantische Fahrt in
Davids Ruderboot. Einmal wären sie fast
umgekippt weil David unbedingt im Boot
aufstehen musste um eine bessere Sicht zu
haben. Marie war aber dennoch froh wieder
festen Boden unter den Füssen zu spüren.
Sie picknickten unter einem großen
Ahornbaum und ließen die Seele baumeln.
Es tat gut einmal an nichts denken zu
müssen. Obwohl es Marie nicht leicht fiel.
Sie musste andauernd an Beth und Tami
denken. Ob sie beide hier waren? Sollten sie
schon wieder weg sein? Marie schaffte es

nicht einen freien Kopf zu bekommen. Dennoch genoss sie die Ruhe und den Frieden den David ausstrahlte. David und Marie wollten später noch in der Stadt vorbei fahren und sich einige Videos für den Abend aus der Videothek ausleihen. Marie war eher für kitschige Liebesfilme und David hatte gegen sie keine Chance. Zu Hause bei David angekommen kuschelten sie sich eng aneinander und legten die Disc in den DVD-Player. „Verdammt jetzt haben wir vergessen eine Flasche Wein mitzunehmen damit wir es gemütlich haben" sagte David. „Du willst mich ja nur gefügig machen" erwiderte Marie und sah, dass Davids Augen glänzten. „Da muss ich doch noch schnell fahren und etwas leckeres für uns holen" meinte er und hatte auch schon seinen Autoschlüssel und Marie sah nur noch wie die Türe ins Schloss fiel. Das dauerte jetzt bestimmt eine gute halbe Stunde bis David wieder hier war. Marie sah zum Bücherregal und erblickte das Buch das David so hasste. Sie nahm es in die Hand und fing auch hier zu blättern an. Als sie bei Seite zweiundsechzig ankam hielt sie die Luft an. Sie sah eine Markierung einer Zeile. Mit rosa Marker. Das war Beths Buch.

Warum hatte David ihr Buch in deinem Bücherregal? Marie wurde kurz schlecht. Schnell stellte sie es wieder zurück. Sollte sie David von ihrer Entdeckung erzählen? Lieber nicht sonst würde er sich wieder aufregen, dass sie das Buch angesehen hatte. Marie setzte sich zurück auf die Couch und starrte ins Leere. Was hatte David mit Beth nach der Highschool noch zu tun? War vielleicht auch sie eine von den vielen Frauen die er hatte? Es drehte sich alles in Maries Kopf. Da ging die Eingangstüre auf und David kam mit zwei Flaschen französischem Wein wieder. Sie durfte sich nichts anmerken lassen. „David ich habe gerade mit meiner Mutter telefoniert. Ich muss heute noch heim es geht ihr nicht so gut. Du weißt sie hat Diabetes und hat anscheinend wieder einmal nicht darauf geachtet was sie gegessen hat" log sie David an. Irgendetwas sagte ihr, dass sie heute nicht bei David bleiben wollte. „Schade. Aber kann man nichts machen, die Familie geht vor" sagte er verständnisvoll. Marie kam es vor als ob der Film den sie sich ausgeliehen hatten stundenlang dauerte. Sie spürte, dass David sie manchmal beobachtete statt dem Film zu folgen. Das machte Marie ein bisschen nervös und sie glaubte, David merkte es ihr an. Endlich war die DVD abgespielt und Marie entschuldigte sich nochmals bei David für ihr schnelles Aufbrechen. David fuhr sie nach Hause und fragte sich warum sie den ganzen Weg kein Wort sprach. „Du scheinst sehr aufgeregt zu sein" sagte er plötzlich. Marie zuckte zusammen und sah ihn mit großen Augen an. „Wie meinst du das?" fragte sie ihn. „Na wegen deiner Mutter. Oder bedrückt dich etwas anderes?" „Nein, nein. Es ist schon wegen Mutter" antwortete sie ihm und gab ihm einen flüchtigen Kuss auf die Wange. „Ich rufe dich morgen an" sagte sie und stieg schnell aus dem Auto. Im Haus angekommen, sah sie David noch vom Fenster aus wegfahren. Sie lief in ihr Zimmer und setzte sich aufs Bett. Dort atmete sie einmal tief durch. Sie musste Beths Mutter anrufen. „Mrs. Schneider? Marie hier am Telefon. Mrs. Schneider können sie sich noch an das Buch erinnern das Beth, Tami und ich in der Schule fast immer bei uns hatten?" fragte sie sie. „Ja natürlich, warum?" „Haben sie dieses Buch noch?" wollte sie wissen. „Das ist gleichzeitig mit Beth verschwunden. Sie muss es mitgenommen haben" gab sie zur Antwort. Marie war starr vor Schreck. Sie hatte gehofft eine andere Antwort zu bekommen. „Warum fragst du Marie?" wollte sie wissen. Marie wollte sie nicht beunruhigen und auch nicht David schlecht machen. Sie wusste ja den Hintergrund nicht warum David das Buch hatte. „Ich wollte es nur wissen, weil ich meines gefunden habe und nur so aus Neugierde mal nachfragen. Aber danke Mrs. Schneider." Wie geht das, das David Beths Buch hatte mit dem sie vor fast einem Jahr verschwunden war. So viele Fragen schossen Marie durch den Kopf. Aber auf gar keinen Fall würde sie David danach fragen. Es fiel ihr bestimmt schwer vor David zu tun, ob alles normal zwischen ihnen war. Konnte sie ihm noch vertrauen? Hatte David etwa etwas mit dem Verschwinden ihrer Freundinnen zu tun? Marie bemerkte, dass sie zu zittern anfing. Sie musste sich wieder beruhigen. Um das zu tun rief sie Jane an. „Hi Jane, wann kommst du?" flehte sie ins Telefon. „Hallo Marie! Ist irgendwas passiert? Du klingst so komisch" fragte Jane sogleich. „Nein, aber ich vermisse dich und unsere tiefsinnigen, oft dämlichen Gespräche" sagte Marie und musste lachen. „Keine Angst Baby sobald ich hier ein bisschen Luft habe fliege ich auch schon zu dir. Ich vermisse dich nämlich auch du untreue Seele. Haust einfach ab, verliebst dich dort in diesem Kaff und ich bleib hier allein zurück. Ich glaub du spinnst. Na warte wenn ich komme, dann werde ich dir diese Liebesflausen austreiben" witzelte Jane. „Komm bald Jane bitte ich glaube ich brauche dich hier." Marie legte auf, rollte sich auf ihrem Bett wie ein Ungeborenes zusammen und weinte. Sie überlegte, ob sie mit David Schluss machen sollte. Sie würde ihm und ihr das Herz brechen. So beschloss sie, sich ganz normal David gegenüber zu verhalten bis sie mit Bestimmtheit wusste, dass er nichts mit der ganzen Sache zu tun hatte. Auch Susan wollte sie noch nichts davon erzählen. Sie dachte noch lange nach, bis sie einschlief.

Es war schon fast mittags, als Marie
aufwachte. Ihr Handy hatte sich
abgeschaltet, da der Akku schon leer war.
Sie kramte das Ladekabel aus ihrer Tasche
und steckte es sofort an. Als sie das Telefon
wieder einschaltete, sah sie, dass David
schon fünfmal versucht hatte sie anzurufen.
Da klingelte es wieder. „ David ruft an „
Marie hob ab und meldete sich zaghaft.
„Hallo Baby, was ist los, willst du mich nicht
mehr?" fragte er. „Sorry, aber mein Handy
war aus und ich habe bis jetzt geschlafen."
„Wie geht's deiner Mutter?" „Danke
besser" antwortete sie. Sie verabredeten
sich für den Nachmittag. Marie war zwar
nicht sehr wohl dabei, aber dennoch war sie
neugierig und vielleicht konnte sie etwas
mehr von Davids Leben erfahren. Sie
musste sich nur ganz natürlich und normal
verhalten. So gegen vier Uhr wollte sie bei

ihm sein. Bis dahin musste sie sich einen Plan zurecht legen um zu recherchieren. David sollte nichts von ihrer Aufgeregtheit merken. Insgeheim hoffte sie so sehr, dass David nichts mit dem Verschwinden ihrer Freundinnen zu tun hatte. Sie versuchte sich mit alten Fotos abzulenken. Ihr Lieblingsfoto wurde damals im Sommer vor zwölf Jahren aufgenommen. Die ganze Familie war auf Urlaub in Europa. Sie sahen sich die bekanntesten Länder an. Frankreich, Spanien, Griechenland, Italien, Deutschland und noch einige mehr. Auf dem Bild sah man alle vor dem Eifelturm in Paris stehen, jedes einzelne Gesicht zu einer lustigen Grimasse verzerrt. Ihr Vater hatte sie im Arm und beiden konnte man ansehen, dass es ihnen sehr viel Freude bereitete Scherze zu machen. Das war der schönste Urlaub ihres Lebens und leider auch der letzte mit der gesamten Familie. Sie vermisste ihren Vater sehr, da sie zu ihm ein besseres Verhältnis hatte als zu ihrer Mutter. Nach dem Tod ihres Vaters war es sehr schwer für ihre Mutter und sie brauchten sehr lange um die Beziehung aufzubauen die sie jetzt hatten. Marie verstand sich mittlerweile mit ihrer Mutter als ob sie Schwestern wären. Lange träumte Marie noch so vor sich hin, bis sie einmal auf die Uhr sah. Es war schon halb vier und sie musste sich fertig machen. Pünktlich um vier Uhr klopfte sie an Davids Türe. „Ich habe uns schon Kaffee gemacht" sagte er und führte sie auf die Terrasse. Er bot ihr den Platz auf einem großen Korbsessel an und setzte sich ihr gegenüber. „Ich habe was für dich" sagte er und lächelte sie an. Da nahm er eine kleine Schachtel aus seiner Hosentasche und hielt sie Marie hin. Für einen Ring war die Schachtel zu groß. „Gott sei Dank" dachte sie sich. Als sie öffnete traute sie ihren Augen nicht. David schenkte ihr eine goldene Kette mit einem diamantbesetzten „M". Sie wusste gar nicht was sie sagen sollte. „Wunderschöner Schmuck für eine wunderschöne Frau. Marie ich liebe dich." Fast vergaß Marie alles was sie sich vorgenommen hatte. Sie bedankte sich bei David mit einem zärtlichen Kuss und strich dabei über die Kette, die er ihr um den Hals legte. Da läutete Davids Telefon. „Spencer? Ja, am Apparat. Ich kann in ein paar Minuten da sein. Ja, selbstverständlich" sagte er. Er legte wieder auf und sah Marie nachdenklich an. „Marie ich muss kurz weg. Es gibt Probleme in der Arbeit. Ich bin zwar im Urlaub, aber es geht um einen Kunden den nur ich kenne und der sich nur mit mir persönlich unterhalten will. Bitte sei mir nicht böse aber wenn du willst bleib einstweilen hier ich bin in einer Stunde wieder hier." David war Betreuer in einer Versicherungsagentur und hatte viele sehr wohlhabende Kunden, die sich auf ihn verließen. Marie machte es nichts aus in diesem schönen Haus auf David zu warten. Sie würde sich in der Zwischenzeit in den Garten setzten und die Sonne genießen. Kurz darauf war David auch schon weg. Marie ging so durchs Haus und bemerkte, dass kein einziges Foto irgendwo stand oder an den Wänden hing. Nicht einmal von seinen Eltern. So gerne hätte sie Jugendfotos von David gesehen um ihn dann zu veräppeln. Verstohlen sah sie sich in den vielen Laden im Wohnzimmerschrank um. Da fand sie eine bunte Schachtel und öffnete sie. Darin waren Fotos. Viele Fotos von vielen verschiedenen Frauen. Teilweise war David mit auf den Bildern und dann gab es welche wo diese Frauen alleine darauf waren. Urlaubsfotos, Fotos von hier im

Haus und auch welche mit Frauen in Dessous. Das gefiel Marie weniger, aber das war vor ihrer Zeit. Sie war ja auch nicht wirklich ein Unschuldslamm. Als sie die Aufnahmen so durchsah, entdeckte sie ein Foto bei dem ihr die Luft wegblieb. Man konnte David und eine sehr schlanke, dunkelhaarige, sehr hübsche Frau sehen. Sie standen hier im Wohnzimmer vor der Couch. Beide hatten ein Champagnerglas in der Hand und sahen sich verliebt an. Aber was war im Hintergrund auf der Couch zu sehen. Marie traute ihren Augen nicht. Da stand eine rote Sporttasche, die genauso aussah wie die in der das tote Neugeborene zum Wasserfall gebracht wurde. Marie begann wie wild zu zittern und schnell steckte sie das Bild in ihre Handtasche, schloss die Schachtel und schob die Lade wieder zu. Sie setzte sich auf die Terrasse und überlegte was sie jetzt tun sollte. Susan anrufen? Oder weiter gute Miene zum bösen Spiel machen? David darauf ansprechen? Nein, das konnte sie nicht. Susan bat sie niemandem von der Tasche zu erzählen. Sie musste zu Susan um ihr alles zu berichten, aber sollte sie sich so einfach aus dem Staub machen? Wie sollte David sie ihr spontanes Aufbrechen erklären? So viele Fragen schossen ihr durch den Kopf. Schlussendlich beschloss sie ihre Mutter anzurufen. „Mami, kannst du mir bitte einen Gefallen machen? Es ist sehr wichtig. Ruf mich bitte in zirka einer Stunde an und sag, dass es dir nicht gut geht und das du meine Hilfe brauchst." „Ja, aber warum denn, ist etwas nicht in Ordnung? Geht es dir gut?" fragte sie ängstlich. „Es ist alles okay, aber frag jetzt nicht weiter und vertraue mir bitte" bettelte Marie. Ihre Mutter versprach sie anzurufen, auch wenn sie kein gutes Gefühl dabei hatte. Kurz darauf war David wieder da. „Na, wie hast du dir die Zeit vertrieben?" fragte er und sah Marie ein wenig komisch an. „Ich bin hier gesessen und habe die Sonnenstrahlen genossen und dich unheimlich vermisst" log sie und konnte sich sogar ein Lächeln abgewinnen. Sie wusste jetzt, dass David irgendwie mit dem Verschwinden ihrer Freundinnen und dem toten Baby zu tun hatte und verspürte Hass. Marie wollte sich aber nichts anmerken lassen. Er erzählte ihr von dem Kunden zu dem er kommen sollte und regte sich auf, dass er wegen so belanglosem Zeug aus dem Urlaub geholt wurde. Der Kunde hatte einen Autounfall und David sollte sich sofort darum kümmern. Marie hörte ihm nur bedingt zu denn sie wartete schon auf den Anruf ihrer Mutter. Da klingelte auch schon ihr Handy. „Hallo Mami, was ist denn schon wieder? Geht es dir wieder schlecht? Ok, ich komme und wir fahren aber jetzt ins Krankenhaus. Mach dich einstweilen fertig, ich bin gleich da" sprach sie eigentlich mit sich selbst. „Es tut mir so leid, David, aber ich muss wieder zu meiner Mutter. Ich fahre mit ihr jetzt ins Krankenhaus. Ich melde mich sobald ich zurück bin. Ich glaube irgendetwas liegt heute in der Luft. Erst musst du weg und jetzt ich" mogelte sie wieder, nahm ihre Tasche und lief zur Türe. David winkte ihr noch nach als sie ins Auto stieg. Sie sah ihn noch einmal an und wusste, dass sie sich wahrscheinlich nicht mehr trafen. Sie wollte sofort zu Susan fahren und ihr alles sagen. Unterwegs rief sie noch ihre Mutter an damit sie sich keine Sorgen machte. Der Weg zur Polizeistation schien endlos lange. Als sie ankam, wollte Susan gerade ins Auto steigen um noch einmal zum Wasserfall zu fahren. Marie sprang aus dem Wagen und hielt sie auf. „Susan, bitte ich muss unbedingt mit dir reden. Es ist so verwirrend für mich, bitte lass uns hinein gehen, ich will nicht das David mich vielleicht hier sieht" schoss es aus ihr heraus. „Marie, warum bist du denn so aufgeregt? Ist was passiert?" fragte Susan und zog Marie von der Straße in das Polizeigebäude. Sie gingen die Stufen in die erste Etage, wo Susans Büro lag. Sie bot Marie Platz an und schenkte ihr eine Tasse Kaffee ein. „Jetzt beruhige dich erstmal und erzähl mir was vorgefallen ist." Marie atmete tief durch und griff in ihre Handtasche. Sie legte Susan das Foto auf den Tisch, das sie bei David mitgehen hatte lassen und sah Sie an um ihre Reaktion zu prüfen. „Marie, wo hast du das her?" fragte sie und staunte nicht schlecht. „Ich habe es zufällig bei David in einer Lade gefunden als er kurz weg war. Susan, das ist in seinem Wohnzimmer aufgenommen worden. Ich weiß zwar nicht wer die Frau auf diesem Bild ist, aber ich habe die Tasche sofort wieder erkannt. Das ist sie doch oder?" Susan stand auf und ging aus dem Zimmer. Kurz danach kehrte sie mit der Tasche zurück um sie mit der auf dem Foto zu vergleichen. Die originale Tasche hatte an der rechten Seite ein kleines Loch, das man aber auf dem Foto nicht erkennen konnte. „Ich muss das Bild John geben, der kann es am Computer vergrößern damit man sieht ob da auch ein Loch ist" sagte Susan und ging damit wieder aus dem Raum. Als sie wieder kam hatte sie es nicht bei sich. „Es dauert eine Weile bis wir genaueres wissen" sagte sie. „Da ist noch etwas Susan. Kannst du dich noch an das Buch „SPUREN IN DER ZUKUNFT" erinnern? Beth, Tami und ich hatten es immer bei uns, es war unsere Lebensphilosophie. Wir haben uns Zeilen, die uns faszinierten mit Marker angestrichen. Jeder in einer anderen Farbe. Ich gelb, Beth rosa und Tami grün. David hat Beths Buch im Bücherregal stehen. Ich habe Beths Mutter angerufen und sie hat mir gesagt, dass das Buch mit Beth verschwunden ist. Ich frage dich Susan, wie kommt es in Davids Bücherregal?" fragte sie Susan und blickte sehr verzweifelt. „Das kann ich dir leider nicht sagen, aber wir werden der Sache nachgehen. Marie, du darfst dir David gegenüber nichts anmerken lassen. Am besten wäre es, du siehst ihn jetzt mal eine Zeit lang nicht, bis wir recherchiert haben" gab Susan zur Antwort.

„Wenn ich mich normal verhalten soll, dann kann ich ihm nicht aus dem Weg gehen" wusste Marie. „Ok, aber pass bitte auf dich auf" mahnte Susan sie. Da öffnete sich die Türe zu Susans Büro und ein zirka fünfzigjähriger, leicht grauhaariger und sehr nett wirkender Mann betrat das Büro. Es war John und er bestätigte, was Marie sich nicht wünschte. Die Tasche am Bild war mit der originalen Tasche identisch. Marie musste Susan versprechen gut auf sich aufzupassen bevor sie nach Hause fuhr. Daheim wollte ihre Mutter genau wissen, was denn los sei, aber Marie konnte es ihr nicht sagen. Sie bat sie nur, zu bestätigen, dass sie mit ihr im Krankenhaus war, sollte David sie fragen. Auch sie hatte Angst um Marie obwohl sie nichts Genaues wusste. Und das war auch besser so, glaubte Marie. Zögerlich rief sie David an um sich irgendwie für heute zu entschuldigen. Sie wollte ihm sagen, dass sie sich nicht wohl fühlte und zeitig zu Bett gehen wollte. „Hallo Marie, gut, dass du dich jetzt schon meldest, ich habe uns zwei Kinokarten für heute reserviert. Wenn du dich beeilst, dann geht es sich noch aus" überrumpelte er sie bevor sie noch etwas sagen konnte.

Um normal zu wirken, wie sie es Susan versprochen hatte, sagte sie zu und machte sich sogleich auf den Weg zu David. „Komm doch noch kurz herein, ein Drink geht sich schon noch aus" bat er sie. Marie fühlte sich zwar nicht wohl dabei, aber dennoch folgte sie ihm ins Haus. „Und, mit deiner Mutter alles okay? Was haben sie gesagt im Krankenhaus?" fragte er sie und seine Stimme klang irgendwie sarkastisch. „Oh, ja danke gut. Sie haben ihr neue Medikamente verschrieben und dann konnten wir auch schon wieder gehen" gab sie ihm zur Antwort. David sah sie lange und eindringlich an. „Warum bist du denn so verspannt Marie?" fragte er sie. „Es ist nichts, ich bin nur ein wenig müde." David stellte sich hinter sie und massierte ihr die Schultern. Dann flüsterte ihr ins Ohr. „Marie, ich bin dir gefolgt. Was wolltest du bei Susan, ich dachte du wolltest mit deiner Mutter ins Krankenhaus fahren. Warum lügst du mich an?" Sein Massieren wurde immer fester und Marie tat es weh. „Du tust mir weh!" rief sie und löste sich von ihm. „Glaubst du wirklich ich bin so dumm und lasse mich wieder von dir an der Nase herumführen, so wie damals in der Schule?

Deine tollen Freundinnen haben auch geglaubt sie wären etwas Besseres. Sie wollten mich zu zweit verführen, aber ich habe ihnen gezeigt wie weh es tun kann verletzt zu werden" zischte er sie an. „David, hast du etwas mit dem Verschwinden von Beth und Tami zu tun?" fragte sie ihn ängstlich. „Du willst wissen, was mit den beiden passiert ist? Komm mit ich zeige es dir" schrie er und packte Marie an den Haaren und zog sie hinter sich her. Marie schrie auf vor Schmerzen und versuchte sich zu wehren. Sie konnte sich kurz losreißen und versuchte zur Türe zu gelangen, aber es gelang ihr nicht David war schneller als sie. Mit einem Tritt konnte sie David wieder von sich wegstoßen. Jetzt wollte sie sich in die Richtung des Gartens begeben, da stellte sich David vor die Terrassentüre und lachte. „Du kommst hier nicht raus Marie. Schade, aber mit dir hätte ich mir wirklich eine Zukunft vorstellen können." Marie schlug ihm ins Gesicht und kratzte ihn dabei, dass er blutete. Sie drehte sich um und lief ins Badezimmer, wo sie sich einsperrte. „Marie, was soll das. Komm raus, oder ich hole dich heraus. Was ist dir lieber!" schrie er wieder und trat die Türe ein. Er packte Marie beim Hals und drückte zu. Marie bekam keine Luft und wurde ganz rot im Gesicht. Ihr wurde ganz schwindelig und schwarz vor den Augen. Da ließ David wieder los und Marie musste husten. Er zog sie in die Höhe und verließ mit ihr das Badezimmer, ging die Stufen wieder hinunter durch das Wohnzimmer in Richtung Keller. David drückte die Türe auf und stieß Marie die Stiegen hinunter. Sie schlug mit dem Kopf auf und zog sich eine Platzwunde zu. Er kam auch herab und half ihr wieder auf die Beine. Er zog sie hinter sich her, bis sie zu einem Regal kamen, das voll mit Farbdosen und sonstigem Werkzeug war. Da nahm David eine Dose vom Platz und dahinter versteckte sich ein kleiner Hebel den er betätigte. Plötzlich wich das Regal zur Seite und eine Metalltüre kam zum Vorschein. Der Schlüssel dieser Türe befand sich in einer kleinen Schüssel am Tisch daneben. David sperrte sie auf und von innen war die Türe dick mit Isoliermaterial überzogen. Dahinter befand sich ein Raum mit einem Tisch, zwei Sesseln einer Toilettenschüssel, einem Waschbecken und zwei Matratzen. Die Wände waren auch mit vielen Dämmplatten versehen. Es brannte Licht in diesem Raum und Marie konnte erkennen, dass auf den Matratzen jemand lag. „Da hast du sie, deine super tollen Freundinnen. Ihr seid alle drei nur Dreck!" schrie David. In diesem Moment bekam David von hinten eins über den Kopf gezogen. Wie ein Stein fiel er um und blieb bewusstlos liegen. Hinter ihm stand Jane, mit einem Brecheisen und war starr vor Entsetzen. „Oh mein Gott Jane! Wie kommst du hierher? Wieso weißt du, dass ich hier bin?" rief Marie und fiel ihr um den Hals. Im selben Augenblick hörte Marie eine leise Stimme hinter ihr. „Marie? Bitte hilf uns." Marie drehte sich um und sah in Tamis Augen. „Ich werde verrückt" staunte Marie. Tami und Beth lagen auf den schmutzigen Matratzen. Plötzlich erwachte David wieder aus seiner Bewusstlosigkeit, schnappte sich das Brecheisen, das Jane zuvor fallen ließ und war im Begriff Jane damit Ko zu schlagen. Da ertönte ein lauter Knall. Marie und Jane standen wie gelähmt da, als David langsam in sich sackte. Susan war hinter ihm und hatte ihn mit einem Schuss niedergestreckt. David lag in einer Blutlache und rührte sich nicht mehr. Er war tot. In derselben Minute hörte man auch schon die Sirenen der Polizei und der Rettung, die vor dem Haus stehen blieben. Marie und Jane wurden von Susan aus dem Haus gebracht und vor Ort von einem Arzt versorgt. Tami und Beth wurden auf Tragen aus dem Keller geholt und mussten sofort ins Krankenhaus. Susan kam zu Marie und berichtete, wie es den beiden ging. „Marie, du hast ihnen das Leben gerettet. Du und deine Freundin Jane. Das Baby hat David getötet. Er hat Beth und Tami seit fast einem Jahr hier unten eingesperrt und sie regelmäßig vergewaltigt, weil er es nicht verkraften konnte, dass er damals nur ein Spielzeug für euch war. Er war auch der Vater von diesem Kind und hat es getötet. David wollte auch dich hier festhalten" erklärte Susan Marie. Jane fiel Marie um den Hals und weinte bitterlich. „Danke Jane, aber warum hast du gewusst, dass ich hier bin?" wollte sie von ihr wissen. „Ich bin hier vorbei gefahren und habe dein Auto gesehen. Da bin ich stehen geblieben und ausgestiegen. Kurz vor der Türe habe ich dich schreien gehört und bin ums Haus gelaufen. Die Terrassentüre war offen und da bin ich rein und habe euch im Keller gefunden" sagte Jane und schluchzte dabei.

Sie hielten sich beide fest im Arm und keiner wollte je wieder auslassen.

Es vergingen mehrere Wochen und Marie hatte wieder regen Kontakt mit Beth und Tami. Beide wohnten jetzt bei Beths Mutter, bis sie etwas Eigenes fanden. Marie wollte sich mit ihnen treffen, da sie alle drei das Bedürfnis hatten noch etwas erledigen zu müssen um dieses Kapitel ihres Lebens beenden zu können. Jane sollte Marie begleiten. Sie trafen sich bei dem Wasserfall wo Beths Baby gefunden wurde. Sie zündeten jeder eine Kerze für das Kleine an und stellten sie zu einem hölzernen Kreuz, das Beth für das Baby errichten ließ. Dann machten sie ein Feuer und alle drei schmissen ihr geliebtes Jugendbuch hinein. Das symbolisierte für sie, dass sie nie wieder so sein wollten wie dieser Junge in diesem Buch.

UND LEISE RIESELT DER TOD

Isabelle machte sich für ihre heutige
Yogastunde fertig. Noch schnell einen
Pferdeschwanz zusammengebunden und
dann konnte es auch schon losgehen. Sie
liebte ihre Freizeit und verbrachte sie gerne
damit, sich zu entspannen nach einem
langen und anstrengenden Arbeitstag.
Isabelle arbeitete in einem Reisebüro und
war verantwortlich für Sightseeing Touren
in den verschiedensten Ländern. Zurzeit
waren gerade mehrere europäische Städte
an der Reihe um die Touren zu
modernisieren. Sie arbeitete schon etliche
Wochen daran und freute sich über jede

Ablenkung. Als sie sich in den Spiegel sah, stellte sie fest, dass ihr ihr neues Yoga-Outfit gut stand. Sie hatte es sich letzte Woche im Abverkauf gegönnt. Ihre Freundin Cathy hatte sie zu diesem Shopping-Trip verführt. Es war eine indigoblaue Hose mit einem weißen Trägershirt. Eigentlich nichts außergewöhnliches, aber zu ihren kupferroten, schulterlangen Haaren und ihrer schlanken Figur passte es wie Faust aufs Auge. Sie war mit ihren 25 Jahren eine sehr attraktive Frau. Immer gut gestylt und gut gelaunt. Isabelle war seit zwei Jahren mit Jake verheiratet. Jake war beruflich leider sehr viel unterwegs. Er war Handelsvertreter einer großen Firma in der Pharmaindustrie und musste daher mindestens einmal pro Woche mit dem Flieger zwei bis drei Tage ins Ausland reisen. Sobald sich bei den beiden aber Nachwuchs ankündigte, wollte Jake beruflich etwas kürzer treten. Das hatte er Isabelle versprochen. Sie hasste es wenn er wieder einmal weg musste. Sie lernten sich bei einer großen medizinischen Spendenveranstaltung kennen. Isabelle war mit ihrer Freundin Carla, die bei einem renommierten Arzt arbeitete eingeladen und Jake, wie sollte es auch anders sein war beruflich dort. Sie sahen sich nur kurz an und schon war es um sie geschehen. Es war Liebe auf den ersten Blick. Man konnte es Isabelle auch nicht übel nehmen. Jake war ein sehr großer, schlanker und sportlicher Mann. Seinen blonden, immer exakt geschnittenen Haare und den stahlblauen Augen konnte man nicht so leicht wiederstehen. Anfangs hatte Isabelle immer die Angst, dass so ein Mann vielzählige Frauen hatte und er sie unglücklich machen würde. Jake aber hatte nur Augen für Isabelle und war von Natur aus ein sehr treuer und liebenswerter Mensch. Ein Jahr nachdem sie zusammen gekommen waren, zogen sie in ihr kleines Häuschen hier in der Stadt. Hier wohnten hauptsächlich Jungfamilien mit kleinen Kindern oder Paaren, die noch eine Familie gründen wollten, wie sie. Vor ein paar Monaten zog neben ihnen ein junger, gutaussehender Mann ein. Er hatte keine Frau und die Gerüchte gingen um, dass er wohl nicht wirklich auf diese stand. Isabelle und Jake war das aber ziemlich egal. Er war ein sehr netter und sehr hilfsbereiter Nachbar. Er hieß Mike Gordon und war sehr hübsch anzusehen wenn er mit freiem Oberkörper im Garten arbeitete. Er war Schriftsteller und arbeitete zu Hause. Isabelle stieg ins Auto und schnallte sich an. Mike stand im Garten und winkte ihr zu. Sie winkte zurück und dachte an Jake, wie er ihr einmal vorwarf, Augen für Mike zu haben. Aber das war bevor er erfuhr, dass Mike mit ziemlicher Sicherheit homosexuell war. Es war nicht weit zum Yoga Kurs. Carla und einige andere Freundinnen trafen sich dort. Als Isabelle in der kleinen Straße am Rande der Stadt ankam in der der Kurs stattfand, sah sie ein Großaufgebot an Polizei und vielen Menschen. Sie parkte ihr Auto und ging zu ihren Freundinnen, die fassungslos beisammen standen. „Oh mein Gott, was ist passiert?" fragte sie Carla. „Stell dir vor, du kennst doch sicherlich Rose Baxter. Sie wurde tot aufgefunden, hier auf der großen Wiese hinter der verlassenen Fabrik. Sie soll vergewaltigt und gequält worden sein. Es ist schrecklich" sagte Carla. Rose besuchte auch den Yoga Kurs. Sie war erst vor kurzem mit ihrem Mann und ihrem kleinen Sohn hierher gezogen und galt als sehr zurückhaltend. Sie hatte kaum Freunde und wenn sie sich unterhielten betrieben sie nur Smalltalk über das Wetter und anderen unwichtigen Dingen. Im selben Augenblick kam ein Auto wie wild um die Ecke geschossen. John, der Mann von Rose sprang aus dem Auto und lief der Polizei entgegen, die ihn aufhielten um ihn vom Ort des Geschehens fern zu halten. Er schrie verzweifelt ihren Namen und fiel dabei auf seine Knie. Isabelle spürte, wie ihr die Tränen über ihr Gesicht liefen und sie zu zittern begann. Wie gerne wäre sie jetzt zu ihm gelaufen um ihn in den Arm zu nehmen, auch wenn sie ihn nicht gut kannte. Ihr kleiner Sohn war erst vier Jahre alt und hatte jetzt keine Mutter mehr. Welches abscheuliche Wesen konnte so etwas nur tun. Jasmin, die Yogalehrerin kam auf sie zu um ihnen zu sagen, dass die heutige Stunde nicht stattfinden würde. Die Frauen sahen das ein und einige machten sich wieder auf den Weg nach Hause. Diana, Jo, Carla und Isabelle fuhren zu Isabelle nach Hause. Jake war wieder einmal nicht da und an diesen Tagen ließen sie den Tag meistens bei Isabelle ausklingen. Diana wohnte auch bei Isabelle in der Straße. Sie hatte vor acht Monaten eine süße kleine

Tochter bekommen und genoss es, sich ein bis zweimal wöchentlich mit ihren Freundinnen zu treffen. Paul, ihr Mann hatte derweil Babydienst. Jo war erst zweiundzwanzig Jahre alt und lebte mit ihrem Freund in ihrem Elternhaus. Ihre Eltern überließen ihr das Haus und zogen in ein kleines Häuschen ein paar Orte weiter an einen kleinen See. Als sie bei Isabelle ankamen machte sie erst einmal Kaffee für alle. Sie saßen schweigend auf der Terrasse und jeder dachte dabei an Rose. Wer konnte ihr das nur angetan haben? Vielleicht kannten sie ja ihren Mörder. Sie überlegten, wer zu so etwas nur fähig wäre, aber es fiel ihnen keiner in ihrer näheren Umgebung ein. Es gab zwar natürlich auch grantige und boshafte Menschen in ihrer Stadt, aber das einer davon ein Mörder war? Das konnte sich keiner von ihnen auch nur annähernd vorstellen. „Ist euch eigentlich bewusst, dass es vielleicht sein könnte, dass der Mörder hier unter uns in unserer Stadt wohnt und wir ihn kennen könnten?" fragte Isabelle in die Runde. Allen wurde schlecht bei dem Gedanken. Jo stand auf und sah in die angrenzenden Gärten. „Oh, la, la, was sehe ich denn da?"

flüsterte sie. „Euer super, geiler Nachbar liegt im Garten, nur mit einer Badehose. Der sieht aber verdammt lecker aus" meinte sie. „Vergiss es Jo, anderes Ufer!" sagte Isabell. „Oh, wie schade. Wäre interessant, ob man ihn vielleicht umpolen kann. Der ist doch viel zu schade." „Also wenn du das schaffst, dann schenk ich dir mein Auto" lachte Isabell. „Du weist aber schon, dass ich in festen Händen bin oder?" sagte Jo und alle mussten lachen. Diana konnte ihre Blicke gar nicht mehr von ihm lassen, sagte aber kein Wort. „Hallo Mister Walker!" rief Isabelle ihrem Nachbar gegenüber zu. Er stand am Zaun und sah zu ihnen herüber. Mister Walker war Mitte vierzig und lebte seit dem tragischen Unfall seiner Frau sehr zurückgezogen. Ein betrunkener, junger Mann war im Auto eingeschlafen und hatte das Auto seiner Frau mit voller Wucht gerammt. Sie war sofort tot und der betrunkene Lenker kam mit einer Geldstrafe davon. Das war schon vor vier Jahren, doch seitdem hatte er keine Frau mehr an seiner Seite. Er war auch nicht der Typ Mann, dem alle Frauen zu Füssen lagen, aber er wirkte auf alle hier sehr sympathisch und nett. „Hallo Isabell, wie

geht es? Ist Jake schon wieder unterwegs?"
fragte er sie. „Ja sie wissen ja, wenn die
Arbeit ruft ist Jake der Erste der rennt"
antwortete sie ihm. „Unverständlich, wie er
so eine hübsche Frau wie sie so oft alleine
lassen kann" erwiderte er. Er winkte noch
einmal herüber und widmete sich wieder
seiner Gartenarbeit. „Er ist so ein lieber
Kerl, ich verstehe gar nicht, warum er bis
jetzt noch keine Frau gefunden hat" sagte
Diana. Sie saßen noch länger und
unterhielten sich über die Ereignisse des
Tages. Carla sah auf die Uhr und musste
feststellen, dass es schon sehr spät
geworden war. „Leute ich muss fahren. Ich
muss morgen früh aufstehen" sagte sie und
verabschiedete sich von ihren Freundinnen.
Auch Diana und Jo brachen auf um heim zu
fahren. Isabelle räumte noch das Geschirr
weg und ging darauf ins Badezimmer um
sich zu duschen. Sie zog ihr Yoga Outfit
wieder aus und legte es fein säuberlich in
ihren Kasten. Isabell genoss die Dusche,
konnte aber nicht aufhören daran zu
denken, dass vielleicht ein Mörder und
Vergewaltiger in der Nachbarschaft wohnte.
Sie zog sich ihren Bademantel über und
kontrollierte, ob alle Türen ihres Hauses gut

abgeschlossen waren. Sie sah, dass bei ihrem Nachbar Mike noch Licht brannte und konnte ihn durchs Wohnzimmer gehen sehen. Er hatte nur Boxershorts an und sah wirklich gut aus. „Warum sind alle gut aussehende Männer vergeben oder schwul?" fragte sie sich. Aber sie hatte ja Jake und sogleich verflog auch schon ihr Gedanke an Mike wieder. Sie setzte sich noch eine Weile vor den Fernseher und schlief bald darauf ein. Plötzlich schreckte sie auf. Ein lautes Geräusch hatte sie aufgeweckt. Isabelle schob vorsichtig den Vorhang zur Seite und sah auf die Straße. Es war keine Menschenseele zu sehen und in keinem der Häuser war ein Licht eingeschalten. Vielleicht hatte sie sich das Geräusch auch nur eingebildet. Sie trank noch ein Glas Milch und legte sich dann in ihr Bett. Sie vermisste Jake, aber er kam ja schon am nächsten Morgen wieder heim.

Es war fünf Uhr dreißig morgens und Isabelles Wecker läutete unaufhörlich. Sie klopfte auf die Stummtaste und setzte sich im Bett auf. Sie hatte nicht gut geschlafen und deshalb hätte sie sich gerne noch einmal zurück gelehnt und weiter geschlafen. Aber es nutzte alles nichts, sie musste aufstehen. Sie hatte noch so viel zu tun in ihrer Arbeit und daher musste sie pünktlich da sein. Hatte sie sich doch heute Nachmittag frei genommen um Jake vom Flughafen abzuholen. Heute freute sie sich ganz besonders auf ihn, da sie ihren zweiten Hochzeitstag hatten und diesen in dem tollen Restaurant am Stadtrand feiern wollten. Schnell ins Bad, dann in die Küche Kaffee aufsetzten. In der Zwischenzeit zog sie sich an und legte wie jeden Tag ihr Makeup auf. Sie holte die Zeitung, die ihr ein Zeitungsjunge schon früh morgens vor die Türe gelegt hatte herein und setzte sich damit zum Tisch und trank ihren heißen Kaffee. „Bestialischer Mord an einer jungen Mutter" stand mit großen Lettern auf dem Titelblatt. Isabell las angespannt den Artikel und es lief ihr kalt über den Rücken. Man konnte öfters etwas über Mord und Totschlag in den Zeitungen lesen aber wenn man den Betroffenen kannte, war alles anders. Man sah ein Foto der kleinen Familie und Isabell spürte regelrecht wie ihr ein Kloss im Hals steckte wenn sie an den armen Mann und den kleinen Jungen dachte. Was konnte er dafür, dass irgendein perverses Schwein seine Mutter abschlachtete und er jetzt ohne sie aufwachsen musste. Hoffentlich fassten sie den Kerl so schnell wie möglich, damit er seine gerechte Strafe bekam. Sie legte die Zeitung weg, machte noch einen großen Schluck aus ihrer Tasse Kaffee, nahm ihre Tasche und verließ das Haus. Als sie in ihr Auto stieg, sah sie Mister Walker, der auch gerade seine Zeitung vor der Türe aufhob. Sie winkte ihm zu und er erwiderte ihren

Gruß und lächelte ihr zu. Als Isabelle im Büro ankam, war ihre Kollegin Lisa Farmer auch schon da. Lisa war sechsunddreißig Jahre alt geschieden und alleinerziehende Mutter zweier Jungen im Alter von zehn und zwölf Jahren. Ihr Mann hatte sie vor drei Jahren wegen einer jüngeren Frau verlassen. Seitdem hatte sie keinen Kontakt mehr zu ihm. Auch bei den beiden Söhnen meldete er sich nicht. Aus diesem Grund fand Lisa auch nicht gerade sehr nette Worte für ihn, was aber alle verstanden. Sie war nicht sehr groß und ein klein wenig korpulent. Sie konnte sich über alles ziemlich aufregen. „Morgen Isabelle, hast du schon die heutige Zeitung gelesen?" fragte sie sie schon beim Eintreten des Büros. „Ja habe ich. Es ist so schrecklich. Ich habe sie gekannt, sie war in meinem Yoga Kurs. Eine nette, aber sehr zurück gezogene Frau" gab Isabelle gleich zur Antwort um weitere Fragen zu vermeiden. Lisa drückte ihr einen Becher Kaffee in die Hand den sie schon gemacht hatte. Isabelle zog sich gleich in ihr Büro zurück und bereitete sich auf ihren ersten Termin des Tages vor. An diesem Vormittag schien die Zeit still zu stehen. Minuten kamen Isabelle wie

Stunden vor. Pünktlich um zwölf Uhr verabschiedete sich sie von Lisa um zum Flughafen zu fahren. Sie kaufte in der Ankunftshalle noch schnell eine Rose für Jake und wartete auf ihn. Das Flugzeug hatte Verspätung, also setzte sie sich in ein kleines Cafe wo sie genau zur Tafel der ankommenden Flugzeuge sehen konnte. Da sah sie plötzlich Mike in der Ankunftshalle stehen und auf jemanden warten. Eine große, schlanke und äußerst attraktive Frau um die fünfundzwanzig kam auf ihn zu und fiel ihm um den Hals. Isabelle traute ihren Augen nicht als sie sah, dass sie sich innig küssten. War Mike vielleicht doch nicht schwul? Oder vielleicht bisexuell? Beide verließen eng umschlungen den Flughafen. Also war es doch nur ein Gerücht. Da konnte sie hören, dass das Flugzeug mit dem Jake kam gelandet war. Sie bezahlte noch ihren Kaffee und stellte sich zur Ausgangstüre wo Jake hoffentlich gleich erscheinen würde. Da konnte sie ihn auch schon sehen. Jake kam durch die Türe und auch sie fielen sich in die Arme. „Hallo mein Mäuschen!" rief er. Jake nannte sie immer so. „Hi Baby, es ist so viel passiert in den drei Tagen als du nicht da warst. Aber erst mal nach Hause und dann erzähle ich dir alles." Sie gingen in das Parkdeck, wo Isabelle ihr Auto abgestellt hatte. Über den Mord brauchte Isabell nichts mehr zu erzählen. Jake hatte es in der Zeitung im Flugzeug gelesen. „Lass mich bitte nicht vergessen mein Mäuschen, dass ich meinen Chef anrufen muss, denn solange dieses Schwein nicht gefasst ist werde ich dich hier sicherlich nicht alleine lassen" sagte Jake und Isabelle fand das so süß von ihm, dass sie lachen musste. „Baby das ist kein Spaß. Wenn dieses Monster hier in der Stadt ist, sind alle Frauen in Gefahr und jeder sollte verdammt gut aufpassen" ermahnte er sie. Als sie in die Einfahrt ihres Hauses fuhren wurden sie von Mister Walker winkend begrüßt. Jake und Isabelle erwiderten seinen Gruß und wechselten ein paar Worte mit ihm bevor sie ins Haus gingen. Kaum war die Türe ins Schloss gefallen, konnten sie nicht voneinander lassen. Jake drängte Isabelle in die Küche zum Tisch. Er zog sich das Hemd aus und Isabelle öffnete indes den Gürtel seiner Hose. Ihre Bluse riss ihr Jake regelrecht vom Körper und ebenso den Büstenhalter. Dann hatten sie wilden Sex am Küchentisch. Sie vergaßen aber, dass die

Vorhänge nicht zugezogen waren und so passierte es, dass Mike sie beobachten konnte. Er saß in seinem Garten mit dieser jungen Frau und konnte sehen, wie Jake und Isabelle sich liebten. Er unterhielt sich mit ihr und immer wieder richtete sich sein Blick zu den Beiden, die nicht mitbekamen, dass sie gesehen wurden. Dann hob Jake Isabelle hoch und trug sie ins Badezimmer, wo sie zusammen duschten. Nach der Dusche zogen sie sich beide elegant an um ins Restaurant zu fahren. Sie wurden nett begrüßt und zu ihrem Tisch geführt. Es gab guten Rotwein und ein herrliches viergängiges Menü. Jake liebte es seine Frau auszuführen. Er griff in die Innentasche seines Jacketts und legte Isabelle eine Schmuckschachtel hin. Isabelle staunte nicht schlecht als sie diese öffnete. Es war ein goldenes Armband mit lauter kleinen Brillanten. „Mein Gott Jake, bist du denn wahnsinnig?" fragte sie ihn. „Für mein Mäuschen ist mir nichts zu teuer. Ich liebe dich Isabelle und wenn wir nicht schon verheiratet wären, würde ich auf der Stelle um deine Hand anhalten" gab er nur zur Antwort. „Ich liebe dich auch so sehr Jake und ich würde immer wieder ja zu deinem

Antrag sagen" sagte sie. Jake legte ihr das Armband an und küsste ihre Hände. „Heute habe ich unseren Nachbarn Mike am Flughafen gesehen als ich dich abholte. Er hat eine junge Frau abgeholt und was ich da sah, gibt mir den Anlass ab heute nicht mehr zu denken, dass Mike schwul ist. Diese Begrüßung hättest du sehen sollen. Freundschaftlich war die nicht" erzählte Isabell und schmunzelte dabei. „Also ich habe nie wirklich geglaubt, dass er schwul ist. Ich weiß gar nicht mehr wer dieses Gerücht in Umlauf gebracht hat" sagte Jake und überlegte. „Ist ja jetzt auch ganz egal. Fakt ist, dass er schwerstens hetero unterwegs ist" erwiderte Isabell. Sie ließen den Abend noch mit einer weiteren Flasche Rotwein gemütlich ausklingen bevor sie wieder Heim fuhren. Zuhause angekommen, machten sie es sich noch auf ihrer Doppelliege im Garten gemütlich. Sie genossen die Stille und die laue Temperatur. Eng aneinander gekuschelt sahen sie sich die leuchtenden Sterne die am Himmel standen an.

Es war sieben Uhr am Morgen, als der Wecker läutete. „Guten Morgen mein Mäuschen" hörte Isabell Jake sagen. Er stand vor dem Bett und hatte ihr das Frühstück gerichtet um es ihr zu servieren. „Guten Morgen mein Schatz, das ist aber lieb von dir. Frühstück im Bett wie schön" antwortete Isabell und setzte sich auf. Jake stieg wieder zu ihr ins Bett und sie aßen Brötchen mit Butter und Marmelade und tranken guten, starken Kaffee. „Bevor wir zur Arbeit müssen, könnten wir uns ja noch ein bisschen Spaß gönnen oder?" fragte Jake und kroch unter die Decke und begann Isabell am ganzen Körper zu küssen. Isabell lehnte sich zurück und genoss die Liebkosungen ihres Mannes. Sie hatten sich eine Zeit nicht gesehen und mussten nachholen was sie versäumt hatten. Sie hatten oft Sex. Guten, wilden und leidenschaftlichen Sex. Danach zogen sie sich beide an und fuhren zur Arbeit. „Ich wünsche dir einen schönen Arbeitstag mein Mäuschen. Ich kann es schon gar nicht mehr erwarten dich heute Abend zu sehen. Ich liebe dich." verabschiedete sich Jake von Isabell. „Ich liebe dich auch mein Held" antwortete sie und winkte ihm zum Abschied zu als sie mit ihrem Auto aus der Ausfahrt fuhr. Kurz darauf fuhr auch Jake zur Arbeit. Isabell hatte das Gefühl, der Tag habe achtundvierzig Stunden an einem Stück. Trotz der vielen Arbeit die sie zu erledigen hatte, verging der Tag nur sehr langsam. Sie musste ständig an Jake denken und freute sich schon auf einen gemütlichen Abend mit ihm. Gleich wenn sie Heim kam würde sie für sie beide ein gutes Essen kochen und eine Flasche Sekt in den Kühlschrank stellen. Jake kam immer etwas später als sie nachhause. Sie wollte ihn überraschen. Lisa kam zu ihr ins Büro und fragte sie „Weiß man schon etwas

103

Neues über den Mord?" „Also ich weiß nichts Neues" gab Isabell ihr zur Antwort. „Hoffentlich finden sie bald den Mörder. Wen man auch fragt, es traut sich keiner mehr abends alleine auf die Straße. Selbst meine Kinder will ich nicht alleine zur Schule gehen lassen. Man kann ja nie wissen, ob es der Perverse nicht auch auf Kinder abgesehen hat" sagte Lisa. Isabell nickte nur war aber in Gedanken schon zuhause bei Jake. Zehn Minuten vor Dienstschluss hatte Isabell schon ihre Sachen zusammengepackt und starrte auf die Uhr. Es schien, als ob diese zehn Minuten nicht vergehen wollten. Lisa betrat noch einmal Isabells Büro um sich von ihr zu verabschieden. Lisa ging immer zehn Minuten vor Dienstende, da sie ihre Kinder von der Schule abholen musste. Pünktlich um siebzehn Uhr verließ auch Isabell die Firma. Sie sprang in ihr Auto, das sie am Parkplatz abgestellt hatte und fuhr zum nahe gelegenen Supermarkt um noch einiges zu besorgen. Als sie im Gang bei den Spirituosen stand, traf sie Diana. „Hallo Diana!" rief sie. Diana sah Isabell an als würde sie sich dafür schämen in der Spirituosenabteilung zu stehen. „Oh hallo Isabell. Ich dachte mir ich sehe mich mal um und besorge einmal etwas Gutes für nächstes Mal wenn wir uns wieder zusammensetzen. Du, Carla, Jo und ich" sagte sie mit einem Unterton, als wolle sie sich dafür entschuldigen Alkohol zu kaufen. Schnell stellte sie zwei Flaschen Chardonnay in ihren Einkaufswagen und verabschiedete sich wieder. Irgendwie verhielt sie sich komisch dachte sich Isabell und widmete sich wieder ihrem Einkauf. Als sie alles beisammen hatte eilte sie zur Kassa. Zuhause angekommen zog sie sich um und schlüpfte in ihre bequemen Sachen. Sie bereitete alles für das Essen vor und kühlte die Flasche Sekt ein die sie eben gekauft hatte. Sie kochte Jakes Lieblingsessen. Tafelspitz mit gerösteten Kartoffel und Spinat. Nichts Besonderes, aber Jake liebte es. Den Tisch deckte sie mit dem guten Porzellan ein und stellte eine Kerze in die Mitte. So jetzt musste nur noch Jake kommen und alles wäre perfekt. Da läutete das Telefon und Isabell hob ab. „Hallo mein Mäuschen. Ich wollte dir nur sagen, dass es heute ein wenig später wird. Nur so eine Stunde ich muss nur noch meine Arbeit fertig machen aber ich beeile mich um so schnell wie möglich bei dir zu sein" sagte

Jake. „Na toll, das Essen ist schon fertig und ich warte schon auf dich. Bitte beeile dich ich kann es kaum erwarten dich bei mir zu haben" erwiderte Isabell. Jake versprach so schnell wie er konnte nach Hause zu kommen. Isabell schenkte sich ein Glas Wein ein und setzte sich auf die Terrasse. Es dämmerte schon ein wenig und sie konnte Licht bei ihrem Nachbarn Mike sehen. Sie sah, dass er sich mit seinem weiblichen Besuch unterhielt und lachte. Isabell beobachtete die Situation und wurde neugierig als sie sah, dass sich die beiden näher kamen. Sie küssten sich innig und zogen sich dabei gegenseitig ihr Gewand aus. Mike küsste ihre Brüste und strich ihr den Slip vom Körper. Isabell wusste, dass man das nicht tat, aber sie konnte nicht wegsehen. Da konnte Isabell erkennen, dass Mike sie entdeckt hatte und zu ihr herüber sah. Doch anstatt die Vorhänge zuzuziehen oder in einen anderen Raum zu wechseln machte er weiter und sah dabei immer wieder zu Isabell herüber. Sie spürte, dass ihr die Röte ins Gesicht stieg aber sie wollte sich nichts anmerken lassen und sah weiter zu. Mike gefiel es beobachtet zu werden und dabei Isabell zu beobachten. Die junge

Frau hatte keine Ahnung, dass man ihnen zusah und gab sich ihm willenlos hin. Irgendwie fand auch Isabell diese ganze Aktion sehr erregend. Es gefiel ihr, dass Mike Sex mit einer Frau hatte und sie dabei die ganze Zeit fixierte. Als beide zum Höhepunkt kamen, fehlte auch bei Isabell nicht viel. Mike sah dabei noch immer zu ihr herüber und lächelte sie dabei an. Das war der Moment in dem Isabell aufstand und wieder ins Haus ging. In der Küche blieb sie stehen und musste diese peinliche Situation erst mal verarbeiten. Wie sollte sie sich Mike beim nächsten Treffen gegenüber verhalten? Sollte sie ihn darauf ansprechen, oder so tun als ob nichts gewesen wäre. Sie entschied sich dafür die ganze Sache so schnell wie möglich zu vergessen, auch wenn es ihr nicht leicht fallen würde. Da hörte sie wie sich der Schlüssel in der Haustüre drehte und Jake heim kam. Sie fiel ihm um den Hals und küsste ihn. „Hey, geile Begrüßung. Daran könnte ich mich gewöhnen" spaßte er. Isabell war noch immer ein wenig erregt aber wollte es Jake nicht merken lassen. Sie setzten sich zu Tisch und Jake freute sich über das Essen. An diesem Tag gingen sie früher ins Bett als sonst aber Isabell konnte noch lange nicht einschlafen. Sie musste immer wieder an Mikes Gesicht denken und wie er sie die ganze Zeit über ansah.

Am nächsten Tag nach der Arbeit trafen sich die Freundinnen wieder. Dieses Mal besuchten sie Carla. Ihr Mann war mit der gemeinsamen Tochter zu seinen Eltern gefahren um sie zu besuchen. Als Isabell eintraf, war Jo schon da. Sie hatte heute Nachmittag frei gehabt und war früher zu Carla gekommen um ihr ein bisschen bei den Vorbereitungen zu helfen. Carla tat sich immer sehr viel an wenn sie Besuch bekam. Da genügte nicht nur ein Sekt oder vielleicht mal ein stinknormales Bier. Nein es mussten auch noch Brötchen und Knabbereien und mehr gereicht werden. Diana hatte

Verspätung. „Tut mir leid Leute, aber ich musste noch etwas wichtiges erledigen" sagte sie bei ihrem Eintreffen. Jo fragte sie zwar was das gewesen sei, bekam aber keine Antwort von Diana. „Hast du die beiden Flaschen Wein nicht mitgebracht die du letztens im Supermarkt gekauft hast? Fragte Isabell sie. „Äh nein, die habe ich jetzt vergessen. Beim nächsten Mal treffen wir uns halt bei mir" gab sie ihr zur Antwort. Diana verhielt sich wirklich ein wenig komisch in letzter Zeit. Als ob sie mit ihren Gedanken ganz wo anders wäre nur nicht hier bei ihren Freundinnen. Isabell nahm sich vor mit ihr darüber zu sprechen wenn sie einmal alleine wären. „Also Kinder, ich habe eine brandneue Neuigkeit für euch" sagte Isabell ganz aufgeregt und ihre Augen glänzten dabei. Sechs große Augen sahen sie neugierig an. „Rede schon, spann uns nicht länger auf die Folter Isabell" rief Carla. „Unser lieber, gut aussehender von allen als homosexuell angesehener Nachbar ist alles andere als schwul meine Damen" erzählte sie. „Was? Bist du dir da ganz sicher?" wollten Jo und Carla gleichzeitig wissen. „Ich habe ihn am Flughafen gesehen als er eine junge Frau abholte und glaubt mir, die

Wiedersehensfreude der Beiden war nicht freundschaftlich, sondern ich hatte das Gefühl der ganze Flughafen stürzt ein so geknistert hat es zwischen den Zweien. Und der Kuss war auch nicht von schlechten Eltern" erzählte Isabell ihnen. „Hm, wie war das nochmals mit deinem Auto Isabell? Fragte Jo und musste dabei lachen. „Nein, nein mein Mädchen. Wir haben gesagt wenn du es schaffst ihm umzupolen. Aber das musst du jetzt nicht mehr" gab Isabell zur Antwort und alle mussten lachen. „Und bleibt diese Frau jetzt bei ihm oder was?" wollte Carla wissen. Isabell erzählte ihnen, dass sie diese Frau heute nachmittags mit Koffern in ein Taxi hat steigen sehen. Daraus schlossen sie, dass sie wieder abgereist war. Von der Beobachtung, die Isabell machte, erzählte sie ihren Freundinnen nichts. Das sollte ihr kleines Geheimnis bleiben. Sie tratschten und lachten noch lange. Als Isabell auf ihre Uhr sah, erschrak sie. „Oh, mein Gott! Es ist schon zehn Uhr vorbei. Ich muss Morgen um sieben aufstehen" rief sie und stand von der gemütlichen Couch auf. Diana schloss sich Isabell gleich an und Jo meinte sie würde Diana noch wegräumen helfen. Sie verabschiedeten sich mit Küsschen rechts und links bei ihnen. Diana winkte Isabell noch kurz zu und stieg dann in ihr Auto. Isabell sah ihr noch nach und ging dann die Straße entlang zu ihrem Haus. Als sie die Türe aufsperrte hörte sie den Fernseher noch laufen. Jake war beim Fernsehen eingeschlafen und lag quer über das Sofa. Isabell strich ihm sanft durchs Haar um ihn liebevoll aufzuwecken. Jake sah sie kurz an und setzte sich auf. „Na, ist wohl heute ein bisschen später geworden" sagte er und ging sogleich ins Schlafzimmer um weiter zu schlafen. Isabell schenkte sich noch ein Glas Wein ein und setzte sich auf die Terrasse. Bei Mike brannte auch noch Licht und Isabell erwischte sich selbst dabei, dass sie wieder hinüber blickte. Aber was sie da sah konnte und wollte sie nicht glauben. Diana stand mit Mike in der Küche und sie unterhielten sich. Was machte Diana bei Mike? Isabell stierte jetzt noch neugieriger hinüber. Sie konnte erkennen, dass sie rege über irgendwas diskutierten. Dann zog Mike Diana an sich und küsste sie. Als ob er merken würde, dass Isabell zu ihnen sah zog er plötzlich die Vorhänge zu. Isabell konnte sich gar nicht bewegen. Es war als ob sie einen Geist gesehen hatte. Hatte Diana ein Verhältnis mit Mike? War sie deswegen so komisch in letzter Zeit? Aber warum nur? Sie hatte doch einen Mann und eine süße kleine Tochter. Isabell verstand die Welt nicht mehr. Sie wartete noch eine Weile und ging dann leise wieder ins Haus zurück. Ständig hatte sie das Bild vor Augen als Mike Diana küsste. Von wegen schwul, ein Weiberheld war er und Diana erlag auch seinen Verführungskünsten. Isabell merkte, dass sie richtig wütend auf die beiden war. Sie legte sich zu Jake ins Bett und kuschelte sich fest zu ihm. Jake schlug seine Hand um sie und küsste sie noch einmal bevor er weiter schlief. Isabell schwirrte der Kopf und es dauerte eine ganze Weile, bis auch sie einschlief.

Als der Wecker läutete, hatte Isabell das
Gefühl gerade erst eingeschlafen zu sein.
Dem entsprechend war sie auch schlecht
gelaunt. Da halfen auch eine Dusche und
ein Kaffee nicht viel. Sie nahm sich vor,
gleich nach der Arbeit einen Sprung bei
Diana vorbei zu sehen und sie zur Rede zu
stellen. Als sie das Haus verließ wurde sie
wie fast jeden Tag von ihrem Nachbar Mr.
Walker freundlich gegrüßt. Sie winkte ihm
kurz zu und stieg dann in ihr Auto. Im Büro
angekommen, setzte sie sich in ihren Sessel
und ließ ihre gestrige Beobachtung noch
einmal Revue passieren. Sollte sie Carla und

Jo davon Bescheid geben? Isabell verwarf diesen Gedanken gleich wieder. Sie wollte nicht als Tratschtante dastehen. Je länger sie darüber nachdachte, umso mehr kam sie zu dem Entschluss auch nicht mit Diana darüber zu reden, dass sie sie und Mike gesehen hatte. Sollte sie doch machen was sie glaubt. Irgendwann würde ihr Verhältnis mit Mike ans Tageslicht kommen. Der heutige Arbeitstag verging wie im Flug. Isabell freute sich schon auf das Wochenende. Jake und sie wollten einen Kurzurlaub in die Berge machen. Ein paar Minuten vor fünf Uhr stand Jake plötzlich in ihrer Türe und hielt ihr einen Blumenstrauß vor ihr Gesicht. „Oh, wie komme ich dazu? Ist heute ein besonderer Tag? Wir hatten doch erst unseren Hochzeitstag" freute sich Isabell. „Ich könnte dir jeden Tag Geschenke machen mein Mäuschen" gab Jake ihr zur Antwort. Lisa, die gerade im Begriff war zu gehen hielt inne und sagte:" Isabell, pass bloß auf, dass dir keine diesen sagenhaften Mann wegnimmt. Wenn ich nicht wüsste, dass er so verrückt nach dir ist, würde ich es fast probieren ihn dir streitig zu machen. Aber ich glaube da habe ich keine Chance."
„Leider Lisa, aber wenn ich Isabell nicht

hätte, wärst gleich du meine nächste Wahl"
gab Jake Lisa zur Antwort und alle drei
mussten lachen. Sie fuhren, beide in ihren
Autos hintereinander heim. Schnell packte
Isabell noch ein paar Sachen zusammen und
schon ging es Richtung Berge. Jake hatte
eine kleine Hütte am Berghang gemietet.
Sie konnten mit dem Auto fast bis ganz
hinauf fahren. Die letzten paar Meter
mussten sie zu Fuß hinter sich bringen. Es
ging ganz schön bergauf und Isabell hatte
wieder einmal zu viel für ein kurzes
Wochenende eingepackt. Schwer
schnaufend ließ sie sich vor der Hütte im
Gras nieder um sich ein wenig von den
Strapazen des Aufstieges zu erholen. Jake
setzte sich neben sie und sie genossen den
wunderschönen Ausblick über die
mächtigen Berge. Isabell hatte sich
vorgenommen richtig zu relaxen und den
Kopf frei zu bekommen. Sie wollte weder an
die Arbeit, noch an Diana, Mike und schon
gar nicht an den Mord in ihrer Stadt
denken. Einfach nur zwei Tage die Seele mit
Jake baumeln lassen. Auch Jake tat es mal
gut an nichts denken zu müssen. Es war
eine urige Hütte mit Kamin und einem Herd,
der mit Holz geheizt wurde. Aber Jake hatte

dafür gesorgt, dass der Kühlschrank randvoll
mit den feinsten Leckereien und gutem
Wein gefüllt war. Isabell konnte sich das
Lachen nicht verkneifen als sie sah, dass im
kleinen Zimmer nebenan zwei einzelne
Betten standen. Eines links vom Raum und
eines rechts. „Na das geht ja mal überhaupt
nicht" sagte Jake und begann die Betten
umzustellen. Sie standen jetzt zwar genau
nebeneinander, aber das inmitten von dem
kleinen Zimmerchen. Jake und Isabell
genossen zwei wundervolle Tage ohne
Beruf und Alltagsstress. Einmal läutete
Isabells Handy, aber sie ging nicht ran. Es
war Diana die anrief, doch Isabell hatte
keine Lust sich mit ihr zu unterhalten. Sollte
sie doch eine von den anderen Mädels
anrufen und ihnen ein perfektes
Familienleben vorheucheln. Als sie wieder
zu Hause ankamen, stand Dianas Mann vor
ihrer Türe. „Isabell, weißt du vielleicht wo
Diana sein könnte? Sie ist gestern nicht
nach Hause gekommen. Sie wollte zu ihrer
Mutter fahren, aber sie kam dort nie an. Ich
mache mir solche Sorgen" stammelte er.
„Wir waren über das Wochenende fort.
Diana hat einmal angerufen, aber ich habe
nicht abgenommen. Wir hatten auf der

Hütte so gut wie keinen Empfang"
schwindelte Isabell und sah dabei Jake
hilfesuchend an. „Vielleicht hat sie nur eine
Autopanne und ihr Akku ist leer" sagte Jake.
Beide versuchten Dianas Mann zu
beruhigen. Sie versprachen ihm, ihn sofort
anzurufen, sollte sich Diana bei ihnen
melden. Nachdem sie ins Haus gingen,
nahm Isabell Jake zur Seite. „Jake, ich muss
dir etwas sagen. Ich habe letztes Mal
zufällig Diana und unseren Nachbarn Mike
beobachtet. Sie haben ein Verhältnis.
Glaubst du Diana ist bei ihm?" fragte sie
ihren Mann. „Was? Diana und der Mann
von dem die ganze Stadt denkt er sei
schwul?" Jake konnte es gar nicht fassen.
Isabell erzählte ihm alles von Anfang an.
Von der Beobachtung mit dieser fremden
Frau und dass Mike sie dabei angestarrt
hatte. Von Dianas komischer Art und
schlussendlich von der Beobachtung der
beiden und ihrem Streit den sie letztens
hatten. Jake hatte die Idee, zu Mike hinüber
zu gehen um sich irgendetwas von ihm zu
borgen und dabei nachzusehen, ob er Diana
bei ihm sah. Er kam sich ein bisschen
dämlich vor, als er an seiner Tür klopfte mit
einem leeren Becher in der Hand und um

ein wenig Milch bat. Mike bat Jake herein und ging vor ihm in die Küche. Bei jedem Schritt den Jake hinter ihm ging, sah er sich akribisch genau in dem Haus um. Er konnte keine Hinweise auf Dianas Anwesenheit erkennen. Kein einziger Hinweis auf eine weibliche Person. Mike hielt Jake eine Packung Milch hin. „Nehmen sie die ganze Packung Jake, ich habe noch mehrere im Vorratsschrank." „Sie haben es sehr schön hier. Wie viele Zimmer hat ihr Haus? Es sieht sehr groß aus" versuchte Jake aus Mike heraus zu quetschen. „Möchten sie das ganze Haus sehen?" fragte er ihn plötzlich. „Ja gerne, ich liebe es mir Häuser anzusehen" gab Jake zur Antwort. Häuser interessierten ihn nicht die Bohne, aber so konnte er sich vergewissern, dass niemand außer Mike im Haus war. Mike besaß drei Schlafzimmer und jedes hatte ein anschließendes Badezimmer. Wozu er so viele Zimmer brauchte, war Jake schleierhaft. Jedes Zimmer für sich war sehr stilvoll eingerichtet. Sehr modern und auch sehr teuer. Aber außer Mike, war niemand in dem Haus. Jake bedankte sich noch bei ihm und ging wieder zu sich hinüber. Isabell stand aufgeregt hinter der Türe. „ Und? Ist

sie bei ihm?" wollte sie sogleich wissen.
„Nein, er ist ganz alleine in dem Haus. Ich
habe niemanden gesehen" gab Jake zur
Antwort. „Diana würde ihr Kind nie zurück
lassen wenn sie fortgehen wollte. Es muss
irgendwas passiert sein Jake" stellte Isabell
fest. Sie rief Carla und Jo an, aber auch die
beiden wussten nicht wo sich Diana
aufhielt. Am liebsten würde sie zu Mike
hinüber gehen und ihn fragen, aber das
konnte sie dann doch nicht. Sie und Jake
setzten sich auf die Terrasse und
überlegten, wo Diana sein konnte. „Hallo
Isabell!" Mister Walker stand am Zaun und
winkte zu ihnen hinüber. „Hallo Jake, na
schon wieder von einer kleinen Berufsreise
zurück?" fragte er. „Ja, danke und dieses
Mal werde ich so lange daheim bleiben, bis
dieser perverse Frauenschreck endlich
gefasst ist" sagte Jake. Er stand auf und ging
zu ihm zum Zaun und sie plauderten ein
wenig über dies und das. Belangloses
Gequatsche unter Nachbarn. Als Jake sich
wieder zu Isabell gesellte sagte er mit
forderndem Ton: „Isabell, du musst zur
Polizei fahren und ihnen von deinen
Beobachtungen erzählen". Isabell wollte
keine Tratsche sein, aber Jake hatte Recht.

Gleich morgen früh wollte sie dort sein und berichten. Als sie am Abend beim Essen saßen, läutete es an ihrer Türe. Mister Walker stand davor und unterbreitete Jake einen Vorschlag. Er dachte sich, dass es bestimmt einen Sinn hatte, eine Nachbarschaftswache zu organisieren. Jake fand diese Idee auch sehr gut und versprach Mister Walker sich gleich am nächsten Tag auf zu machen um noch mehrere Nachbarn dazu zu überreden. Gleich nach der Arbeit streifte Jake durch die Straße und unterbreitete einem Nachbarn nach dem anderen Mister Walkers Idee. Alle wollten sich der Nachbarschaftswache anschließen. Gleich am nächsten Abend wollten sie sich alle zusammensetzten und festlegen wer wann auf Streife ging. Wirklich alle kamen und waren bereit trotzdem sie arbeiteten, nachts durch die Straßen zu ziehen. Die erste Nacht übernahmen gleich Jake und Mister Walker. Sie saßen in Jakes Wagen und fuhren langsam durch die Gegend. Jake wusste eigentlich nichts über seinen Nachbarn und so kamen sie ins Gespräch. Jake wollte ihn nicht über seine Frau ausfragen, wie alles passierte und wie die Zeit danach für ihn war. Er dachte nach wie es für ihn wäre, wenn er Isabell durch so eine tragische Weise verlieren würde und er fühlte sich schon alleine bei dem Gedanken schrecklich. Doch Mister Walker fing von ganz alleine an davon zu erzählen. „Es war furchtbar als die Polizei bei mir an der Türe läutete und mir von Marias Unfall berichteten. Ich hatte mir schon Sorgen gemacht, weil sie schon eine Stunde überfällig war und ich auf sie wartete. Ich hörte die Polizeisirenen und ab diesem Zeitpunkt hatte ich ein ungutes Gefühl. Als sie mir sagten, dass sie den Unfall nicht überlebt hatte, zog es mir die Füße unter dem Boden weg. Und als dieser Mistkerl dann auch noch mit einer Geldstrafe frei ging, verstand ich die Welt nicht mehr. Ich hasse diesen Menschen wie nichts andere in diesem Universum". Jake hörte ihm aufmerksam zu und er tat ihm leid. Er konnte ihn verstehen, dass er einen gewaltigen Zorn auf den Unfalllenker hatte. Hatte er ihm doch das Liebste genommen. Es war sehr ruhig in den Straßen und man sah nichts Außergewöhnliches. Sie überlegten, ob vielleicht doch irgendein Nachbar dieses perverse Schwein sein konnte. Aber bei niemandem konnten sie sich das vorstellen. Sie lebten doch in einem idyllischen kleinen Städtchen und jeder war sehr nett. Als der Morgen graute, beendeten sie ihre Wache und fuhren heim. Sie verabschiedeten sich noch und gingen beide in ihre Häuser. Isabell schlief im Wohnzimmer und als Jake das Haus betrat, wurde sie munter. „Irgendetwas entdeckt?" fragte sie sogleich. „Nein, es war die ganze Nacht ruhig. Wir haben nur Katzen herumlaufen sehen" sagte Jake. Er ging noch unter die Dusche, trank einen Kaffee und fuhr dann in die Arbeit. Auch Isabell machte sich für die Arbeit fertig. Gleich danach fuhr sie zur Polizei um eine Aussage zu machen. Ein Officer Namens Paul Vincent brachte Isabell in sein Büro und bat ihr Kaffee an. Als er ihr den Kaffee brachte setzte er sich an seinen Tisch und bat sie zu erzählen. Isabell sprach sich alles von der Seele und brachte zum Ausdruck, dass Diana nie im Leben ihr Kind und ihren Mann alleine lassen würde. Es musste ihr etwas passiert sein. Der Officer nahm alles sehr ernst und versprach ihr gleich heute noch ihrem Nachbarn Mike einen Besuch abzustatten. Isabell fühlte sich beim Verlassen des Büros sehr erleichtert. Sie wusste, das Richtige getan zu haben, obwohl sie ein mulmiges Gefühl hatte, als sie vor ihrem Haus parkte und hinter ihr die Polizei vor Mikes Haus hielt. Schnell ging sie hinein und schloss die Türe. „Hallo mein Mäuschen, was ist los?" fragte Jake sie. Er stand in der Küche und machte gerade Abendessen. „Die Polizei ist gleich nach meiner Aussage zu Mike gefahren. Sie sind jetzt gerade bei ihm". Isabell äugelte aus dem Fenster und sah, dass Mike sich mit den Polizisten unterhielt und sie ins Haus bat. Er sah noch kurz zu ihr herüber und sah Isabell am Fenster stehen. Schnell zog sie sich zurück und sie konnte ihr Herz klopfen hören. „Er weiß, dass ich bei der Polizei war. Wer sonst hätte ihnen alles gesagt. Er hatte mich ja gesehen, als er mit dieser Frau Sex hatte" sagte Isabell verzweifelt. In diesem Moment verspürte sie Angst und wusste nicht mehr, ob sie das Richtige getan hatte. „Beruhige dich, du hast ihn ja in keiner Weise beschuldigt irgendetwas mit Dianas Verschwinden zu tun zu haben. Du hast ihnen nur gesagt, dass die beiden ein Verhältnis hatten" meinte Jake und versuchte Isabell zu beruhigen. Jake hatte wie immer Recht. Diana war eine gute

Freundin, auch wenn sie ein Doppelleben führte. An diesem Abend hielten zwei andere Nachbarn Wache in der Gegend. Es war in etwa dreiundzwanzig Uhr, als die Polizei mit Blaulicht und Sirene an ihrem Haus vorbeischoss. Jake rief sofort Sam, den einen Nachbarn, der an diesem Tag Wache hielt an um ihn zu fragen was passiert sei. „Jake, ich rufe dich sobald es geht zurück" bekam Jake nur zu hören. Gleich darauf, legte er auch schon wieder auf. Isabell starrte in Jakes verdutztes Gesicht und beide dachten dasselbe. „Los, Isabell zieh dich an, wir fahren der Polizei hinterher!" rief er und zog sich schnell eine Weste über. Isabell ließ ihr Essbesteck fallen und griff auch nach ihrer Jacke. Schnell hüpften sie ins Auto und fuhren in dieselbe Richtung in die die Polizei gefahren war. Ein paar Straßen weiter, bei einem verlassenen Fabrikgebäude, konnten sie auch schon die Lichter der Polizeiautos erkennen. Sie sahen auch Sams Auto, das direkt vor dem Gebäude stand. Sam fuchtelte wie wild mit den Armen und erklärte dem Polizisten etwas. Dann liefen sie ins Innere. Als Jake und Isabell aus dem Auto stiegen, wurden sie von mehreren Polizisten aufgehalten.

„Sie dürfen hier nicht hinein, das ist ein Tatort!" schrie der eine. „ Sam!" rief Jake. Sam drehte sich zu ihnen um gleich darauf zu Jake und Isabell zu laufen. Sam war ganz aufgeregt und zitterte am ganzen Körper. „Ich wollte nur mal kurz in das verlassene Gebäude gehen um zu sehen ob irgendetwas Ungewöhnliches zu sehen ist und da lag sie einfach da. Ich bin über sie gestolpert. Jake es war furchtbar" erzählte Sam ganz aufgeregt. Jake hielt Sam an den Schultern fest und schrie „Sam, was ist passiert?" „Diana, sie ist tot. Es hat sie jemand getötet und, oh mein Gott Jake, wer tut so etwas?" schluchzte er. Isabell begann zu weinen und Jake wusste nicht mehr wen er als erstes beruhigen sollte. Officer Paul Vincent näherte sich ihnen und deutete einem der Rettungskräfte, sich um Sam zu kümmern. Sogleich wurde er in ein Rettungsauto begleitet und mit Medikamenten beruhigt. „Sie kannten Diana White?" fragte er. „Sie ist eine gute Freundin" sagte Isabell und weinte unaufhörlich. „Isabell fahren sie bitte nach Hause, ich werde sie zu einem späteren Zeitpunkt kontaktieren" befahl er ihr und Jake. Als sie daheim angekommen waren, wurde Isabell erst richtig bewusst, was passiert war. Sie ließ sich in Jakes Arme fallen und weinte. „Das war sicherlich dieser miese Mike. Der ist ja pervers. Ich habe es gesehen. Wer findet es schon erregend wenn er beim Sex beobachtet wird" zischte sie. „Isabell, du kannst Mike nicht beschuldigen bevor man genaueres weiß. Sie hatten eine Affäre, aber deshalb muss er sie doch nicht getötet haben. Warum auch?" versuchte Jake Isabell wieder zur Vernunft zu bringen. „Du hast recht, aber wer sollte es sonst getan haben?" fragte sie sich. Isabell musste an Dianas Mann und ihr Kind denken. Wieder stand ein Mann alleine mit einem Kind im Leben. „ Was ist das nur für eine verrückte Welt" dachte sie sich. Plötzlich läutete es an ihrer Türe. Officer Paul Vincent stand davor und hatte einige Fragen an sie. Jake bat ihn herein und bot ihm einen Kaffee an. Er nahm an und setzte sich auf die Couch. „Wie lange kannten sie Diana?" wollte er von Isabell wissen. „Wir wohnen jetzt zirka zwei Jahre hier. Als Diana ihr Baby bekam ging sie öfters hier in der Straße spazieren und eines Tages begannen wir miteinander zu reden. Wir trafen uns dann auch beim Yoga und so wurden wir

Freundinnen" gab Isabell zur Antwort. „Und wie lange wohnt ihr Nachbar Mike schon hier?" „Ich habe keine Ahnung, als wir hier einzogen, wohnte er schon da." Isabell erzählte dem Officer auch von der Beobachtung von Mike und seiner Bekannten und dass er sie auch dabei ansah. Es war ihr sehr peinlich, aber sie wollte, dass er einen Eindruck von Mike bekam. „Wer wohnt sonst noch hier in der Nachbarschaft?" wollte er wissen. „Gleich hinter uns wohnt Mister Walker. Er ist ein sehr lieber Mensch. Er hat auf tragische Weise seine Frau verloren und wohnt seitdem alleine in seinem Haus" erzählte Isabell. Der Officer wollte auch ihm noch einen Besuch abstatten. Er verabschiedete sich von Isabell und Jake und sie konnten beobachten, dass er zu Mike hinüber ging. Kurze Zeit später verließ er das Haus wieder. Auch zu Mister Walker ging er noch. Isabell und Jake legten sich ins Bett. War es doch schon spät geworden, aber es dauerte lange, bis beide einschliefen.

Isabell und Jake nahmen sich den nächsten
Tag frei. Jake wollte sie nach dieser
schrecklichen Tat nicht alleine lassen.
Außerdem hatte er kein gutes Gefühl wenn
er daran dachte, dass Mike nebenan
wohnte und jederzeit an ihrer Türe läuten
konnte. Sie verbrachten den ganzen Tag
damit ständig aus dem Fenster zu sehen um
irgendetwas Verdächtiges zu erspähen. Am
Nachmittag rief Isabell Officer Vincent an
um ihn zu fragen, ob es schon Neuigkeiten
gab. Zu seinem Bedauern musste er
zugeben, dass sie nicht weitergekommen
seien. Auch Mike konnte man nichts

nachsagen. Hatte er doch ein stichfestes Alibi für die Tatzeit. Er gab an mit seinem Verleger essen gewesen zu sein und dieser bestätigte das auch. Jake telefonierte indes mit den Leuten der Nachbarschaftswache und alle waren der Meinung, dass es zu gefährlich wäre nachts durch die Gegend zu streifen. Nach Berichten einiger Nachbarn ging es Sam sehr schlecht. Immer wieder hatte er den leblosen Körper von Diana vor Augen. Keiner wollte, dass ihm dasselbe passierte. Es war ruhig in der Stadt. Ob tagsüber oder in der Nacht. Man konnte keine Menschenseele sehen. Es war, als ob jeder Angst davor hatte nach draußen zu gehen. Man konnte keine Kinder spielen hören und schon gar keine Frau alleine sehen. Isabell traf sich einige Male mit Jo und Carla, aber es war nicht mehr dasselbe ohne Diana. Der Yoga-Kurs wurde nach einigen Wochen beendet, da auch dorthin fast keine Frauen mehr kamen. Mike hatte es zu dieser Zeit sehr schwer in der Stadt. Alle dachten er hätte etwas mit den Morden zu tun, aber er ließ sich nicht einschüchtern und lebte weiterhin in seinem Haus in der Stadt. Isabell wusste nicht was sie darüber denken sollte. Die

Tage wurden kürzer und kälter und das rote und braune Laub fiel von den Blättern. Man konnte jetzt einige Leute beobachten, die in ihren Vorgärten ihre Arbeit verrichteten. Es wurden Bäume und Sträucher geschnitten und nur noch vereinzelt konnte man das Geräusch eines Rasenmähers erkennen. Die Zeit verging und es waren immer noch keine Spuren in den beiden Mordfällen zu finden. Officer Paul Vincent hatte sich durch die ganze Stadt gefragt und kam dann zu der Erkenntnis, dass der Täter nicht aus der Stadt sein konnte. Isabell fuhr alle zwei bis drei Wochen auf den Friedhof um Dianas Grab zu besuchen und immer traf sie Mister Walker. Es schien, als ob er jeden Tag da wäre. Jedes Mal wenn sie kam, saß er auf der Bank davor und sprach mit seiner Frau. Er musste sie sehr vermissen. Langsam wurde es winterlich und die ersten Schneeflocken fielen vom Himmel. Trotzdem war Mister Walker jeden Tag am Friedhof und verbrachte eine lange Zeit des Tages dort. Manchmal redeten Isabell und er ein paar Worte miteinander. Da einige Monate seit dem letzten Mord vergangen waren und nichts passierte, wurde es wieder etwas belebter auf der Straße. Mike konnte auch wieder Ruhe fassen, obwohl noch viele Leute an seine Schuld glaubten. Isabell stand im Wohnzimmer vor der großen Terrassentüre und blickte in die Nachbargärten. Als sie zu Mike hinüber sah, konnte sie seine Bekannte entdecken, die er schon einmal auf Besuch bei sich hatte. Sie stand in der Küche und machte gerade Mittagessen. Seit dem Mord an Diana konnte man keine weibliche Person an seiner Seite sehen. Aber jetzt war sie wieder da. Isabell beobachtete weiter, dass Mike im Begriff war das Haus zu verlassen. Isabell überlegte, ob sie mit dem Vorwand sich irgendetwas ausborgen zu müssen hinübergehen sollte um zu erfahren wer diese geheimnisvolle Frau war. Als Mike mit seinem Auto um die Ecke fuhr, hastete Isabell mit einem Becher zu seiner Haustüre und klopfte an. Die Frau öffnete die Türe und lächelte Isabell an. Sie war sehr hübsch mit ihren dunkelbraunen, schulterlangen Haaren und ihrer sportlichen aber doch graziösen Art. „Kann ich ihnen helfen?" fragte sie. „Äh, entschuldigen sie, aber ich würde ein klein wenig Mehl zum Kochen benötigen" stotterte Isabell. „Kein Problem, komm rein. Ich bin Jenny, Mikes Frau" erwiderte sie. „Seine Frau?" fragte Isabell und blieb mit offenem Mund in der Küche stehen. „Ja, wir sind seit einem Jahr verheiratet. Ich bin Model und reise sehr viel. Mal ein paar Monate hier, ein paar Monate da und ab und zu hier, bei Mike. Aber das wird sich jetzt ändern. Ich habe vor mehr hier zu sein. Ich vermisse ihn" erzählte sie. Isabell war immer noch starr vor Verwunderung. Jenny sah Isabell an und reichte ihr das Mehl. Isabell reagierte nicht gleich. „Hallo? Das Mehl!" rief Jenny. „Oh, danke. Ich bin nur etwas platt. Ich wusste nicht, dass Mike verheiratet ist" sagte sie. „Ich glaube keiner kennt mich hier in der Stadt. Nachdem ich ja nicht so oft da war und erst jetzt seit zwei Tagen hier bin. Aber es freut mich, dass wir uns jetzt kennengelernt haben. Ich weiß auch von der Affäre die er mit dieser Frau hatte die getötet wurde. Wir haben uns ausgesprochen und alles ist okay. Aber damit du es weißt, Mike könnte nicht einmal einer Fliege etwas zu Leide tun. Er ist der zärtlichste und liebevollste Mann den ich je kennengelernt habe" sagte sie und sah verträumt ins Leere. Isabell bedankte sich für das Mehl und ging wieder nach

Hause. Das musste sie erst einmal verdauen. Mike war seit einem Jahr verheiratet? Alle dachten zu dieser Zeit noch er wäre schwul. Als Jake von der Arbeit heim kam, erzählte sie es ihm sofort. Jake ermahnte Isabell die Nachbarn doch in Ruhe zu lassen. Nach dem Essen legte sich Isabell auf die Couch um ein Buch zu lesen. Im Augenwinkel sah sie, dass sich etwas im Garten bewegte. Als sie genauer hinsah, konnte sie Mister Walker erkennen, der hinter dem Zaun stand und zu Mike hinüber sah. An seinem erstaunten Gesicht konnte man lesen, dass er sichtlich geschockt war wieder eine Frau bei Mike zu sehen. Er war immer noch der Ansicht, dass Mike etwas mit den Morden in der Stadt zu tun hatte. Als Isabell am nächsten Morgen die Zeitung ins Haus holen wollte, winkte sie Mister Walker zu sich. „Guten Morgen Mister Walker, wie geht es ihnen?" fragte Isabell ihn. „Isabell, haben sie es auch schon gesehen? Dieser Verbrecher neben uns hat doch schon wieder eine neue Frau am Rennen. Die Vorigen ums Eck gebracht und schon wieder die Nächste. Ich bin neugierig wie lange die noch zu leben hat" erboste er sich. „Aber Mister Walker. Mike ist

unschuldig und außerdem ist das seine
Ehefrau. Ich habe sie kennengelernt und sie
ist eine ganz nette Person" erwiderte sie.
„Seine Ehefrau?" rief er und man konnte
sehen, dass er zornig wurde. „Aber bitte
Mister Walker. Das ist doch auch irgendwie
ein Beweis dafür, dass er mit den Morden
nichts zu tun hat. Er hat eine Frau und sie
lieben sich. Das ist doch schön, oder?"
Mister Walker hatte sich schon wieder
weggedreht und ging zornig zu seinem Haus
und immer wieder konnte man ihn
murmeln hören: „Das hat er nicht verdient,
das hat er nicht verdient." Isabell sah ihm
noch eine Weile nach und wunderte sich
über seine Reaktion. Komisch, wie er sich
aufführt. Geht ihn ja nichts an, dachte sie
sich insgeheim. Den ganzen Tag über
konnte man ihn sehen, wie er über den
Zaun zu Mike sah und die Beiden
beobachtete. So kannte Isabell ihren
Nachbarn gar nicht. Er war sonst immer ein
sehr zuvorkommender Mensch und immer
hilfsbereit. Jetzt war er ein regelrechtes
Nervenbündel geprägt von Zorn und Wut.
Auch Jake kam er sehr verändert vor und er
versuchte ihn in ein Gespräch zu verwickeln
als er wieder einmal am Zaun stand. „Hallo

Mister Walker, wollen sie nicht jetzt mal ins Haus gehen? Sie beobachten diese Leute jetzt schon den ganzen Tag. Ich finde ihre Fürsorglichkeit ja ganz ok, aber glauben sie nicht, dass sie etwas übertreiben? Und außerdem ist es schon kalt und es beginnt gerade wieder zu schneien" versuchte Jake ihn zu überreden wieder ins Haus zu gehen. „Das hat er nicht verdient, nein, nein" sagte er immer wieder und ging wirklich zurück. „Ich glaube jetzt schnappt er über" meinte Jake als er wieder herein kam. Am nächsten Tag konnte sich Isabell in der Arbeit nicht konzentrieren. Immerzu musste sie an Mister Walker denken und wie sehr es ihm naheging, dass Mike eine Frau hatte. Lisa Farmer ging ihr heute auch enorm auf die Nerven. Ständig war sie in ihrer Nähe und redete über alles Mögliche das Isabell überhaupt nicht interessierte. Einmal waren es die Smith, eine Familie mit fünf Kindern die immer irgendetwas kaputt machten, dann war es das Wetter und noch viele andere Dinge die belanglos waren. „Sag mal nur so eine Frage, aber was ist mit eurem Nachbarn Mister Walker passiert. Ich habe ihn heute schon ganz zeitig gesehen als er zum Friedhof ging. Ich habe ihn gegrüßt,

135

aber er hat mich gar nicht wahrgenommen. Er hat immer nur irgendetwas in seinen Bart gemurmelt. Ich glaube schon langsam es wird ihm zu viel immer alleine zu sein" sagte sie auf einmal und Isabell wurde hellhörig. „Er benimmt sich so, seit er weiß, dass unser Nachbar Mike eine Ehefrau hat. Ich verstehe es auch nicht" erwiderte Isabell. „Was? Der schwule Mike ist verheiratet?" kreischte Lisa. „Lisa, er ist nicht schwul." „Ich weiß es, aber bei mir wird er immer der schwule Mike bleiben" konterte Lisa. Isabell dachte daran Officer Paul Vincent einen Besuch abzustatten, um ihn davon zu unterrichten, dass es wieder eine Frau in Mikes Leben gab. Als sie das Polizeigebäude betrat, kam ihr gerade der Officer entgegen. „Hallo Isabell! Gibt es irgendetwas Neues?" fragte er sie. „Ich muss mit ihnen sprechen" sagte Isabell. Officer Paul Vincent nahm sie bei der Hand und führte sie in sein Büro. Isabell erzählte ihm von ihrer Beobachtung und wie Mister Walker darauf reagierte. „Mister Walker war schon hier Isabell. Ich habe ihm versprochen bei Mike vorbeizusehen. Ich war gerade im Begriff zu ihm zu fahren als sie kamen" sagte er. Isabell war beruhigt und fuhr nach Hause.

Einige Zeit später klingelte es an ihrer Türe.
Als sie aufmachte, erstarrte sie. Mike stand
vor der Tür und er schien alles andere als
glücklich zu sein. „Isabell, darf ich sie fragen
was sie gegen mich haben? Erst plaudern
sie meine kleine Liebelei mit Diana bei der
Polizei aus und jetzt machen sie ein Drama
daraus, weil ich eine Ehefrau habe. Was soll
das eigentlich, wollen sie mein Leben
ruinieren? Ich habe mit den toten Frauen
nichts zu tun warum glauben sie mir nicht?"
zischte er sie an. Isabell war wie gelähmt
und brachte im ersten Moment kein
einziges Wort heraus. „Mike bitte ich glaube
es ihnen ja. Darf ich sie und ihre Frau zu
einem Versöhnungsessen einladen? Bitte
geben sie mir eine Chance auch mich besser
kennenzulernen" sagte sie und spürte, wie
sich ihre Gesichtsfarbe änderte. Mike sah
Isabell verdutzt an, willigte aber in die
Einladung ein. „Dann bis um sieben. Ich
koche uns etwas Gutes" lächelte sie noch.
Sie konnte noch sehen, wie Mike ein wenig
verstört zurück in sein Haus ging. Isabell rief
Jake an um ihn zu bitten heute pünktlich
nach Hause zu kommen. „Isabell, was hast
du dir eigentlich dabei gedacht?" fragte er
sie. Im selben Moment fand er diese Idee

aber für das Beste um Frieden in die Nachbarschaft zu bekommen. Pünktlich um sieben klopften Mike und Jenny an ihre Türe. Mike drückte Isabell einen Blumenstrauß in die Hand und sagte: „Auf eine gute Nachbarschaft." Isabell bat sie herein. Jake begrüßte die Beiden und nahm mit ihnen am Tisch Platz. Isabell wässerte die Blumen ein und brachte das Essen zum Tisch. Gut gesättigt machten sie es sich im Wohnzimmer auf der Couch bequem. „Isabell, ich habe selten so gut gegessen" lobte Jenny Isabells Kochkünste. Sie unterhielten sich noch sehr lange und verstanden sich prächtig. Mike erzählte von seinen Büchern die er schrieb und Jenny von ihren tollen Reisen in viele ferne Länder. Spätestens jetzt waren Jake und Isabell davon überzeugt, dass Mike ein lieber und kein perverser Mensch war. Als sie sich verabschiedeten und nach Hause gingen, setzten sich Jake und Isabell noch vor das Kaminfeuer und ließen den Besuch Revue passieren. „Sie sind ein nettes Pärchen. Und ich glaube sie lieben sich aufrichtig" stellte Isabell fest. „So wie wir Beide" flüsterte Jake ihr ins Ohr und küsste ihren Hals. Isabell stand auf um die

Vorhänge zuzuziehen. Da konnte sie wieder Mister Walker sehen, der über den Zaun sah. Grund genug den Vorhang zu schließen. Jake umarmte Isabell und machte dort weiter wo er vor einer Minute aufgehört hatte. Isabell erwiderte seine Küsse und ließ sich von Jake verwöhnen. Sie lagen vor dem Kamin und liebten sich. Sie lagen noch lange da ohne ein Wort zu sprechen, bis sie einschliefen.

Als Isabell munter wurde, schneite es. Sie wickelte sich in die Decke und ging zum Terrassenfenster um die Vorhänge aufzuziehen. Mike stand auch am Fenster und winkte ihr zu. Isabell erwiderte seinen Gruß. Jake lag noch immer vor dem Kamin und schlief tief und fest. Sie sah ihm gerne beim Schlafen zu. Jake öffnete seine Augen. „Das muss heute ein guter Tag sein, wenn das erste was ich sehe, dein schönes Gesicht ist" schmeichelte er ihr. Isabell lächelte ihn an und ging in die Küche um Kaffee zu machen. Sie brachte Jake eine Tasse und setzte sich wieder zu ihm vor den

Kamin. „Heute ist Sonntag, was machen wir?" fragte sie ihn. „Keine Ahnung. Was hältst du davon, den ganzen Vormittag im Bett zu verbringen und am Nachmittag machen wir einen Spaziergang im Schnee" sagte er. Das gefiel Isabell. Sie kuschelten sich eng zusammen. Nach dem Mittagessen zogen sie sich warm an und gingen die Straße entlang. Jake hatte seinen Fotoapparat mit. Er liebte es Isabell zu fotografieren. Er schoss ein Bild von ihr das ihn faszinierte. Er beließ es in schwarz weiß. Man sah Isabells Gesicht, umrandet von ihren blonden Haaren, wie sie mit gesenktem Kopf in den Schnee am Boden sah. Auf ihrer schwarzen Jacke und dem Schal glitzerten die Schneeflocken. Er liebte dieses Bild. Sie spazierten in den schönen Park am Rande der Stadt und sahen den Kindern zu, die mit ihren Schlitten einen kleinen Hang hinunter fuhren. Jake hatte die glorreiche Idee nachts wieder zu kommen und auch Schlitten zu fahren. Isabell fand diesen Gedanken auch recht witzig. Nach einiger Zeit wurde beiden kalt und sie entschlossen sich, wieder nach Hause zu gehen um sich mit einer guten Tasse Tee vor dem Kamin aufzuwärmen, bevor sie noch einmal in den Park gehen wollten. Vor dem Haus trafen sie Mike. „Hallo Mike, wie geht es euch?" fragte Jake ihn. „Danke alles ok. Bin mal wieder alleine. Jenny hat mir eine Nachricht am Telefon hinterlassen, sie muss nochmals für einen Kurztrip nach Paris. Sie ist schon weg, aber sie meldet sich sobald sie Zeit hat" rief er ihnen zu. Sie winkten sich noch zu und gingen dann ins Haus. Isabell setzte sogleich einen guten Tee auf und Jake machte Feuer im Kamin. Mister Walker dürfte sich auch wieder ein bisschen beruhigt haben, da man ihn heute noch nicht am Zaun stehen sah. Jake und Isabell machten es sich vor dem Kamin gemütlich und sahen sich die Bilder an, die Jake geschossen hatte. Es war wie ein Wintermärchen, in dem man die vielen Kinder sehen konnte, die sich über den Schnee freuten. Das Bild von Isabell fanden beide gut gelungen. Als es zu dämmern begann, zogen sich beide warm an und verließen mit einem Schlitten das Haus. Isabell setzte sich darauf und ließ sich von Jake ziehen. Sie hatten sichtlich Spaß und kamen sich dabei wie kleine Kinder vor. Als sie im Park ankamen, liefen sie den Hang hinauf auf dem am Nachmittag viele

Schlitten hinunter sausten. Oben angelangt, setzten sie sich beide hinauf und los ging es den Hügel hinab. Da es mittlerweile finster war, konnten sie nicht erkennen wo sie hinfuhren. Der Schlitten kam zum Sturz und Jake und Isabell kugelten den restlichen Hang hinunter. Sie mussten beide lachen und wiederholten die Fahrt mehrmals. Isabell wurde mit der Zeit kalt, da sie den Schnee schon überall hatte. Jake umarmte sie um sie ein wenig zu wärmen. Langsam gingen sie wieder nach Hause. Zuhause angekommen, ließ Isabell ein Bad für sie ein um sich aufzuwärmen. Jake stand einstweilen im Wohnzimmer und konnte Mister Walker erkennen, der schon wieder am Zaun stand und zu Mike sah. „Also langsam aber sicher macht sich der alte Mister Walker lächerlich. Es wird Zeit, dass er damit aufhört in fremde Fenster zu starren" sagte Jake und zog die Vorhänge zu. Er nahm sich vor, am nächsten Tag einmal mit ihm darüber zu sprechen. Isabell hatte derweil die Wanne eingelassen und ein paar Kerzen im Bad aufgestellt. Jake brachte noch eine Flasche Wein und zwei Gläser. Dann machten sie es sich im warmen Wasser gemütlich.

Es hatte die ganze Nacht geschneit und als Jake aus dem Fenster sah, erkannte er Mister Walker, der gerade seine Auffahrt freischaufelte. Er goss sich einen Becher Kaffee ein und beobachtete ihn. Er schien sehr nervös und sah sich andauernd um. Jake zog sich seinen Morgenmantel über und öffnete die Haustüre. Als Mister Walker ihn sah, kam er sogleich auf Jake zugelaufen. „Jake, ich habe gestern gesehen, dass Mike die ganze Zeit alleine im Haus war. Seine Frau war nirgends zu sehen. Ich hoffe nur, dass er sie nicht auch schon umgebracht hat" sagte er ganz hektisch. „Mister Walker! Sie müssen damit aufhören. Mikes Frau ist in Paris bei einem Model-Job. Sie können doch nicht den ganzen Tag hinter ihrem Zaun stehen und ihn beobachten. Kennen sie keine Privatsphäre? Außerdem können sie nicht beweisen, dass Mike etwas mit den Morden zu tun hat, also hören sie bitte auf damit bevor Mike sie noch anzeigt" ermahnte Jake ihn. Mister Walker sah Jake verdutzt an. Dann drehte er sich um und ging wortlos wieder zu seiner Auffahrt und schaufelte weiter. „Spinner" sagte Jake noch bevor er sich wieder ins Haus begab. „Was war da draußen los?" wollte Isabell von Jake wissen. „Ich habe Mister Walker jetzt einmal die Meinung gesagt. Er soll das gefälligst lassen, diese Stalkerei" zischte Jake zornig. „Vielleicht sollten wir mal Officer Vincent von seiner Manie berichten" sagte Isabell. „Er wird sich wieder beruhigen wenn Jenny wieder da ist du wirst sehen" erklärte Jake. Isabell wollte aber doch Mike Bescheid geben, dass er vielleicht die Vorhänge zuzieht, damit Mister Walker nicht hinein sehen konnte. Vielleich würde es ihm mit der Zeit dann doch zu dumm werden ihn beobachten zu wollen. Er war

halt ein alter verbitterter Mann, der zu viel
Zeit hatte und den ganzen Tag alleine war.
Jake machte sich fertig für die Arbeit. Davor
musste aber auch er die Auffahrt und den
Gehweg freischaufeln um wegfahren zu
können. Isabell fühlte sich heute nicht
besonders. Sie rief in der Arbeit an um sich
für den heutigen Tag frei zu nehmen. Als
Jake zur Arbeit ging, legte sie sich noch
einmal ins Bett um noch ein wenig zu
schlafen. Es war schon fast mittags, als
Isabell vom Läuten der Türglocke aus dem
Schlaf gerissen wurde. „Einen Moment, ich
komme gleich!" rief sie. Sie schlüpfte in
ihren Morgenmantel und öffnete die Türe.
Mike stand vor ihr und erkundigte sich nach
ihrem Befinden. „Ich habe gesehen, dass
dein Auto noch in der Auffahrt steht. Ist
alles ok?" fragte er sie. „Ja danke, soweit
alles ok, aber bitte komm doch herein es
kommt kalt herein" sagte sie und öffnete
die Türe noch weiter. „Ich wollte dir auch
etwas sagen Mike. Zieh bitte immer deine
Vorhänge zu. Mister Walker beobachtet
euch die ganze Zeit. Er ist wohl noch immer
der Meinung, dass du etwas mit den
Morden zu tun hast und lässt euch nicht aus
den Augen" erklärte sie ihm. „Danke für die

Warnung. Jake und du, ihr seid die einzigen Leute denen ich vertraue. Übrigens hat sich Jenny gemeldet. Sie kommt morgen mit dem Flug um elf Uhr fünfzig vormittags. Wir würden euch gerne morgen abends zu uns einladen" sagte Mike. Isabell nahm die Einladung gerne an und freute sich schon auf Jenny. Sie hatte bestimmt wieder viel von ihrer Reise nach Europa zu erzählen. Auch Jake freute sich auf einen gemütlichen Abend mit den Nachbarn. Es schneite den ganzen Tag und Isabell musste auch ran zum Schnee schaufeln. Bevor Jake heim kam, musste die Auffahrt wieder frei geschaufelt werden. Auch Mister Walker war wieder am Schaufeln. „Hallo Mister Walker!" rief Isabell ihm zu. „Sie können sich beruhigen. Morgen vormittags kommt Mikes Frau zurück. Dann können sie sehen, dass sie bei bester Gesundheit ist" sagte sie. Mister Walker sah Isabell nur an, gab ihr aber keine Antwort. Isabell musste lachen als sie sein beleidigtes Gesicht sah. Dann war sie fertig und ging wieder ins Haus zurück um Abendessen zu kochen.

An diesem Morgen fiel kein Schnee. Aber es war bitter kalt. Isabell zog sich warm an und fuhr in die Arbeit. Lisa saß an ihrem Tisch und man konnte ihr ansehen, dass sie verkühlt war. Ständig konnte man sie niesen und husten hören. Sie fragte sich warum sie nicht daheim geblieben war um sich auszukurieren. Blöde Frage. Glaubte Lisa doch ohne sie würde alles zusammen stürzen. Zirka um ein Uhr mittags läutete Isabells Telefon. Mike war am Apparat und war ganz aufgelöst. „Isabell, hat sich Jenny vielleicht bei dir gemeldet? Sie sollte schon längst daheim sein" rief er verzweifelt ins Telefon. „Nein, bei mir hat sie sich nicht gemeldet. Hast du sie nicht vom Flughafen abgeholt?" fragte sie ihn. „Nein, Jenny wollte ein Taxi nehmen, da ich noch einiges zu besorgen und zu erledigen hatte" gab er zur Antwort. „Vielleicht hat ja auch nur der Flieger Verspätung" wollte Isabell Mike beruhigen. „Nein, ich habe am Flughafen angerufen. Der Flieger ist pünktlich angekommen" sagte er. „Jetzt warte doch einmal ab, vielleicht meldet sie sich ja. Hast du schon probiert sie anzurufen?" fragte sie ihn. „Das ist es ja, ihr Handy ist tot. Es läutet nicht einmal, aber vielleicht ist auch nur der Akku leer" versuchte Mike sich selbst zu beruhigen. Isabell spürte, dass irgendetwas nicht stimmte, aber sie ließ es sich nicht anmerken. Sie verabschiedete sich von Mike und rief sofort Jake an um ihm davon zu berichten. Auch Jake beunruhigte diese Situation, da ja noch immer der Mörder nicht gefasst wurde. Nach Dienstschluss fuhr Isabell schnell nach Hause. Als sie in ihre Straße einbog, konnte sie ein Polizeiauto vor Mikes Haus stehen sehen. Sie sprang aus dem Auto und lief hin. Mike öffnete auf ihr Klopfen die Türe. „Was ist geschehen Mike, wo ist Jenny? Bitte sag nicht…" fragte Isabell und sah Mike entsetzt an. „Ich habe die Polizei informiert Isabell. Jenny ist noch immer nicht da" gab er ihr zur Antwort. Officer Vincent begrüßte Isabell und bat sie Platz zu nehmen. „Wir überprüfen gerade ob Miss Gordon überhaupt im Flieger war" sagte er. Kurz darauf klingelte auch schon sein Telefon. Er meldete sich und stellte sich zum Telefonieren ein wenig abseits. Er bekam eine ernste Miene, bedankte sich und legte wieder auf. „Mister Gordon, ihre Frau war im Flieger und hat diesen auch verlassen. Darf ich sie fragen wo sie sich zu der Zeit befanden?" fragte er. „Ich war unterwegs um einzukaufen für heute Abend. Isabell und Jake sollten unsere Gäste sein" antwortete er. „Kann das irgendwer bezeugen?" „Ich war alleine unterwegs. Sie verdächtigen doch nicht etwa mich etwas mit dem Verschwinden meiner Frau zu tun zu haben" sagte Mike. Isabell sah Mike an und wusste nicht was sie davon halten sollte. War Mike wirklich unschuldig? Ihr schwirrte der Kopf und sie konnte nicht normal denken. Hatte Mister Walker vielleicht doch Recht? „Isabell, so glaube mir doch. Ich liebe Jenny und ich könnte ihr nie wehtun" flehte er sie an. „Brauchen sie mich noch Officer Vincent Ich würde sehr gerne nach Hause gehen. Mein Mann muss jeder Augenblick kommen" fragte sie und stand auf. Der Officer verneinte, bat Isabell aber sich zur Verfügung zu halten falls er noch Fragen an sie hatte. Sie bedankte sich und verließ das Haus. Jake fuhr gerade vor das Haus und sprang sogleich aus dem Auto. Isabell erzählte ihm alles aufgeregt und Jake war fassungslos. Hätten sie sich so in Mike getäuscht? „Jake, ich glaube Mike hat nichts damit zu tun. Er ist sehr aufgebracht und sowas kann man doch nicht spielen" glaubte Isabell zu wissen. „Ich glaube, wir sollten keinem hier in der Stadt noch trauen. Jeder könnte was damit zu tun haben" sagte Jake. Sie beobachteten wie Officer Vincent Mikes Haus verließ. „Mister Walker steht sicher wieder hinter seinem Zaun und reibt sich die Hände. Es wäre wohl netter wenn er sich auch Sorgen um Jenny machen würde" sagte Isabell zornig. Eine Stunde später stand plötzlich Mike vor ihrer Türe. Jake öffnete sie und sagte zu ihm: „Mike was willst du hier?" „Jake, Isabell bitte. Ich liebe Jenny und könnte ihr nichts antun. Bitte helft mir sie zu finden" weinte Mike und die Tränen liefen ihm übers Gesicht. Isabell bat Mike herein. „Mike, überlege bitte wo sie sein könnte. Sie kann doch nicht einfach vom Weg am Flughafen hierher verschwinden" wollte Jake von ihm wissen. „Es ist mir ein absolutes Rätsel. Wenn sie noch irgendwo hin gewollt hätte, dann hätte sie mir Bescheid gegeben. Jake ich habe fürchterliche Angst um sie. Wie du ja weißt, ist der Mörder von Diana und der anderen Frau noch immer nicht gefasst worden. Ich bin es mit Sicherheit nicht. Das schwöre ich bei allem was ich besitze" wimmerte er. „Wir werden dir helfen Mike, aber wo sollen wir anfangen sie zu suchen?" fragte Isabell. Da läutete Mikes Telefon. „Jenny?" rief er hinein. „Nein leider Mister Gordon. Ich bin es, Officer Vincent. Ich wollte ihnen nur mitteilen, dass ihr Alibi vom Verkäufer des Feinkostladens bestätigt wurde. Nach ihrer Meldung am Telefon brauche ich sie ja nicht fragen, ob sich ihre Frau schon bei ihnen gemeldet hat. Wir können leider erst nach vierundzwanzig Stunden eine Vermisstenanzeige machen, also kommen sie bitte morgen nachmittags

151

zu mir auf den Polizeiposten. Mister Gordon, ich verspreche ihnen, wir werden ihre Frau finden und wenn sie sich in der Zwischenzeit bei ihnen meldet, dann sagen sie uns bitte Bescheid. Guten Abend Mister Gordon" sagte der Officer und legte auf. „Wir sollten besser zu dir in dein Haus gehen. Vielleicht kommt sie ja noch und in der Zwischenzeit beratschlagen wir uns wie und wo wir nach Jenny suchen" schlug Jake vor. Von den anderen Nachbarn konnten sie keine Hilfe erwarten. Obwohl sie Mike mittlerweile nicht für den Mörder von Diana und Rose hielten, war es doch sehr verdächtig, dass jetzt seine eigene Frau verschwunden war. Noch dazu, wusste bis vor kurzem keiner, dass Mike nicht schwul, sondern ein verheirateter Mann war. Diana war seine Liebschaft und jetzt war seine Frau weg und vielleicht hatte er ja auch mit Rose ein Verhältnis gehabt. „Mike, darf ich dich was fragen?" sagte Isabell und sah Mike eindringlich an. „Mike hattest du auch ein Verhältnis mit Rose, der ersten Frau die man fand?" Mike sah Isabell erschrocken an. Dann senkte er seinen Kopf und erzählte. „Ich habe Rose im Feinkostladen kennengelernt. Wir kamen beim Weinregal

152

ins Gespräch. Irgendwie hat es zwischen uns gefunkt und wir haben uns für den nächsten Abend verabredet. Wir waren bei mir zu Hause und haben gut gegessen und den Wein getrunken den wir am Tag davor gekauft hatten. Es war romantisch, aber mehr war zwischen uns nicht. Ich weiß ich hätte das nicht tun sollen, aber als ich sie küsste, zuckte sie weg und sagte sie könne das nicht. Sie liebte ihren Mann und wollte auf gar keinen Fall ihre Ehe aufs Spiel setzen. Sie wäre jetzt schon zu weit gegangen. Daraufhin verließ sie mich und fuhr nach Hause. Zwei Tage später fand man sie tot auf. Bitte sagt Jenny nichts davon. Die Liebelei mit Diana war schon genug für sie" bat er die Beiden. „Mike, das kommt mir aber komisch vor. Alle Frauen mit denen du dich abgibst, sind entweder tot oder verschwunden. Da stimmt doch etwas nicht. Hast du irgendwelche Feinde?" fragte Isabell ihn. „Nicht das ich wüsste" gab er ihr zur Antwort. Sie verabredeten sich für sieben Uhr um durch die Stadt zu gehen und nach Jenny zu suchen. Aber wo sollten sie anfangen mit der Suche? „Vielleicht hat Mister Walker etwas gesehen. Er steht doch ständig irgendwo

153

herum und beobachtet alles" meinte Isabell und machte sich auf den Weg zu ihm. Sie klopfte an seiner Tür, bekam aber keine Antwort. Mister Walker schien nicht daheim zu sein. Isabell wunderte sich darüber, da er abends eigentlich immer zu Hause war. Sie holten Mike von seinem Haus ab und gingen die Straße entlang. Man konnte sehen, dass einige Leute sie beobachteten, aber sobald man in ihre Richtung sah, verschwanden sie wieder hinter den Vorhängen oder schlossen die Rollos ihrer Fenster. Irgendwo musste sie doch sein. Sie sahen in jedes Cafe oder Restaurant, aber ohne Erfolg. Sogar den Park, wo Jake und Isabell sich am Vortag vergnügten durchstreiften sie. Es war keine Menschenseele zu sehen. Nicht einmal Leute, die mit ihren Hunden ihre Runden zogen, sah man. Sie wollten noch eine kleine Runde um den Friedhof machen, als Isabell sich dachte eine Stimme gehört zu haben. Sie sah sich um, aber konnte keinen sehen. Nach weiteren zwei Minuten hörte sie wieder etwas. Auch Jake sah sich plötzlich um. „Hast du das auch gehört?" fragte sie ihn. Mike sah die beiden fragend an. „Ich habe nichts gehört" antwortete er. Wieder hörten sie Stimmen. Auch Mike konnte sie jetzt vernehmen. Alle drei standen an der Friedhofsmauer und starrten in die Finsternis. Man sah die vielen kleinen Grablichter, die schon fast gespenstisch wirkten. „Ich gehe da jetzt hinein und sehe mich um. Von hier sieht man nichts" sagte Mike und kletterte auf die Mauer. „Mike, bist du wahnsinnig? Du kannst doch nicht einfach hier rüber springen" flüsterte Isabell ihm zu. Sie hatte das noch nicht fertig ausgesprochen, kletterte auch Jake hinüber. „Komm Isabell ich helfe dir" sagte Jake und zog sie die Mauer hinauf. „Na toll, jetzt sind wir nachts auf dem Friedhof. Ich kann mir nichts Schöneres vorstellen. Wenn uns die Polizei sieht, haben wir auch noch eine Anzeige wegen Störung der Totenruhe oder irgendetwas Ähnliches" erwiderte Isabell und fühlte sich nicht wirklich wohl bei ihrem Tun. Sie schlichen von einer Reihe zur anderen und immer wieder konnten sie jetzt alle drei die Stimmen hören. Plötzlich hielten sie inne. „Er hat sich das einfach nicht verdient. Dich nicht und keine andere Frau auf dieser Welt" hörten sie die Stimme. „Mister Walker" flüsterte Jake. Sie beobachteten ihn eine Weile, bevor sie eine zweite Person erkennen konnten, die am Boden lag. Mister Walker kniete sich zu dieser Gestalt und im Mondlicht blitzte ein Messer in seiner Hand hervor. „Schnell Mike, bevor er uns sieht. Wir müssen diese Person retten. Isabell du bleibst hier und rufst Officer Vincent an, er soll so schnell wie möglich herkommen. Ich glaube wir haben den Mörder gefunden" sagte Jake mit leiser Stimme. Er und Mike liefen auf Mister Walker zu. Plötzlich hörte er die beiden und drehte sich blitzschnell um. Als er sah wer auf ihn zukam, zückte er das Messer, kniete sich zu dem Körper vor ihm und hielt ihm das Messer an den Hals. „Kommt mir nicht zu nahe, sonst bringe ich sie auch um!" schrie er. Da konnte Mike erkennen, dass es sich bei dem Körper um Jenny handelte. „Mister Walker, warum tun sie so etwas? Das ist meine Frau. Lassen sie sie sofort los!" rief Mike teufelswild und wollte auf ihn losgehen. Da fiel ein Schuss und alle erschraken. Wie auf Befehl, drehten sich alle um und sahen in die Dunkelheit. Officer Vincent stand hinter einem Grabstein und hatte einen Warnschuss abgegeben. „Mister Walker, lassen sie die Frau los und werfen sie das

Messer weg. Sie machen alles nur viel schlimmer als es schon ist!" rief er ihm zu. Man konnte in Jennys Augen blanke Angst und Hilflosigkeit erkennen. Immer wieder sah sie zu Mike und hoffte, dass alles bald ein Ende hatte. Isabell versteckte sich hinter einem großen Granitkreuz und blinzelte durch die darauf wachsenden Efeublätter. „Er soll auch das fühlen, was ich schon seit Jahren fühle. Er soll wissen, wie es ist wenn einem das Liebste von einem Moment auf den anderen aus dem Leben gerissen wird dieser Scheißkerl!" schrie Mister Walker und riss Jenny an den Haaren, das sie aufschrie. Da fiel wieder ein Schuss und Mister Walker fiel kopfüber in den Schotter, der den Weg bedeckte. Officer Vincent lief sofort hin und stieß ihm mit dem Fuß das Messer aus der Hand. Jenny sprang auf und lief zu Mike und fiel ihm um den Hals. Erst jetzt traute sich auch Isabell aus ihrem Versteck. Kurz darauf war ein richtiges Großaufgebot an Polizei und Rettung am Friedhof. Jenny wurde ärztlich versorgt und auch Mister Walker wurde im Rettungsauto betreut. Officer Vincent hatte ihn in die Schulter geschossen, also würde er überleben und seine gerechte Strafe

157

bekommen. Jenny erzählte, dass Mister Walker am Flughafen stand und sie abholte. Aber statt sie nach Hause zu fahren, sperrte er sie bei sich in den Keller um sie am Abend auf den Friedhof zu bringen und sie dort zu töten. Aber warum tat Mister Walker das alles? Warum hasste er Mike so sehr, dass er ihm keine Frau gönnte? Erst Tage später kam die ganze Wahrheit ans Licht. Mike war der alkoholisierte Autofahrer, der Schuld am Tod von Miss Walker hatte. Als Mike in die Stadt zog, erkannte Mister Walker ihn sofort wieder. Mike hatte ihn noch nie gesehen, da er nicht bei der Gerichtsverhandlung war. Mister Walker blieb damals fern, weil er es nervlich nicht geschafft hätte Mike gegenüber zu sitzen. Darum sollte auch Mike nicht das Recht auf Liebe und Geborgenheit haben. Hatte er ihm doch alles genommen wofür das Leben lebenswert war.

Herstellung und Verlag:
BoD - Books on Demand, Norderstedt
ISBN 978-3-7386-3628-4